U0148360

白牛

刘霄——著

内蒙古人民出版社

图书在版编目(CIP)数据

白牛／刘霄著. —呼和浩特：内蒙古人民出版社，
2023.12（2024.9重印）

ISBN 978-7-204-18018-9

Ⅰ. ①白… Ⅱ. ①刘… Ⅲ. ①长篇小说-中国-当代
Ⅳ. ①I247.5

中国国家版本馆 CIP 数据核字（2023）第 257678 号

白　牛

作　　者	刘　霄	
责任编辑	张桂梅　郝乐　卢炀	
封面设计	琥珀视觉	
出版发行	内蒙古人民出版社	
地　　址	呼和浩特市新城区中山东路 8 号波士名人国际 B 座 5 楼	
网　　址	http://www.impph.cn	
印　　刷	呼和浩特市圣堂彩印有限责任公司	
开　　本	787mm×1092mm　1/32	
印　　张	10.375	
字　　数	150 千	
版　　次	2023 年 12 月第 1 版	
印　　次	2024 年 9 月第 2 次印刷	
书　　号	ISBN 978-7-204-18018-9	
定　　价	36.00 元	

如发现印装质量问题，请与我社联系。联系电话：(0471)3946120

一朵玫瑰正马不停蹄地成为另一朵玫瑰

你是云、是海、是忘却

你也是你曾失去的每一个自己

——博尔赫斯

引子

我做梦都没有想过，出生在法国的我，会在中国度过大半生。

白牛

一

当清晨的第一缕阳光毫无遮挡地照射在草原上时，我会雷打不动地迈着略显蹒跚的步伐走出圈舍，来活动活动僵硬趋势已越来越明显的老胳膊和老腿。多年养成的生活习惯，是很难改变的，就像顽皮的孩子刻在树皮上的歪歪扭扭的字，历经风霜依旧一路相伴，一不留神就会地老天荒。

看着成群结队的后代和晚辈们在门前的草地上吃草、饮水、嬉戏，我会不经意地露出一丝微笑，一丝年岁越大流露越明显的微笑，一丝五十年来我的主人们从来没有发现过的微笑。尽管每一次的微笑，我都毫不掩饰，但在我的那些主人

们眼里，我是从来没有微笑过的，他们甚而觉得我是一头天生不会微笑的牛。他们根本不知道，也没有觉察，有时我会因为一件事高兴得流出眼泪，有时也会因为另一件事伤心得泪流满面。当主人们看到我的泪水沿着长长的脸颊流淌下来，直奔嘴边时，他们的表情和反应几乎是一致的，先是一脸吃惊的样子，然后便急匆匆拿来眼药水，强行将几滴液体挤进我的眼眶里，连台词几乎都像培训过一样相似：这牛的眼睛是不有炎症了？

在宽广的草原上享受天伦之乐，是我一天当中最幸福的时光。

上了年纪的牛，如同上了年纪的人，容易触景生情，由此及彼，浮想联翩。于是，在阳光的温柔催眠下，在半打盹半清醒的状态中，我常常会回忆起往事，回忆起我走过的大半生。

现在的事记不住，过去的事忘不了。

我真的老了。

二

一切都得从五十年前说起。

那是 1973 年秋季的一个午后。太阳温和地挂在半空，微风习习。

在法国索恩-卢瓦尔省夏洛莱地区的农场内，一群和我年龄相仿的小伙伴正在宽阔平坦的草坪上急速奔跑着，像参加一场没有指挥、没有裁判、没有规则的自由短跑比赛。这样的娱乐项目在这里经常上演，有时一天会重复好几次，但大家都乐此不疲，几乎能达到"振臂一呼，应者云集"的效果。在那个精力过剩、情窦未开的年龄段，奔跑成了释放体内洪荒之力的最佳方式，无论是一头公牛犊，还是一头母牛犊。

　　单纯为奔跑而奔跑，显得有些单调，我们常常会玩一些花样，来增加项目的观赏性。比如，在奔跑的过程中，我们会突然凌空而起，两条后腿瞬间向后弹出，然后将身子稳稳地落在地面上。我们称这套动作为撒欢儿。我刚才就非常优美地做了一套这样的动作。整套动作下来，既规范又标准，既不拖泥又不带水，与奥林匹克运动会上的运动员有一拼。这是我对自己刚才那套动作的点评。我觉得，我这套动作既帅且酷。我是经常这样点评自己的动作的。母亲曾多次提醒我，一头母牛犊要注意自己的形象，不要整天出去疯跑，不要上蹿下跳的，不要比公牛犊还公牛犊。对于一头刚刚十二月龄、正处于青少年期的牛犊来说，母亲的这些言语规劝显得苍白而乏力。在那个年龄段，谁愿意去听大人的絮絮叨叨呢？叛逆与轻狂，是那个时候我的标配。那时的我，根本看不到自己的缺点，用在自己身上的都是褒义词。贬义词都是送给别人的，或者说都是给别人量身定制的。

　　不甘示弱的小伙伴们纷纷效仿，将他们同样矫健的身子在半空中撒一个同样优美的欢儿，然后同样稳稳当当地站在地面上。在他们刚刚站稳的一刹那，一个个都将头扭了过来，挑衅味十足地看着我，言外之意溢于言表——你以为就你会这个动作吗？你以为就你做得好吗？我们也会，而且不比你差！从他们的眼神与表情里，我读出了他们对我的不屑。看来，集青春、叛逆与轻狂于一身的，又何止我一个！但，这又能怎样？我从鼻子里发出"哼"的一声，掉转身体，朝着原路返回了。我觉得他们刚才的那些动作虽然看上去也还不错，但与我的相比，还是差了那么一点点。多年以后，有一句游戏里的台词与我那时的状态高度吻合——"那年，我双手插兜，不知什么是对手。"一路上，我故意慢吞吞地走着，走出了大摇大摆、六亲不认的步伐。我知道，他们都在背后注视甚而议论着我呢。谁人背

后无人说，哪个人前不说人？我就是要做出这副样子给他们看的。我将自己的这个行为定义为"反挑衅"与"反不屑"。我就是我，不一样的烟火。

鉴于刚才的出众表现，为我下一步参加全国比赛奠定了坚实的基础——体质方面的基础。

也正是那场取得骄人成绩的全国比赛，彻底改变了我的命运。因那场比赛而改变命运的，不仅仅我一个，还有另一头日后与我朝夕相处的牛。这一切，都是在以后的日子里我才知道的。那场比赛结束后，我便从法国索恩-卢瓦尔省的夏洛莱地区，万里迢迢，跨越重洋，来到中国一个叫锡林郭勒盟西乌珠穆沁旗的地方，再没有回过生我养我的故乡。

三

我是从巴黎夏尔·戴高乐机场 T1 航站楼进去后乘的飞机。夏尔·戴高乐机场是在半年前建成并投入使用的。独特的设计风格，崭新的建筑面貌，宏伟而高大的轮廓，色彩鲜艳的内饰……所有这些，与我出生的农场形成截然不同的风格，看得我眼花缭乱。

飞机此行的目的地是中国上海。

与我同乘一架飞机的，还有另外四十九个小伙伴。看上去，大家年龄基本相仿，都在十六月龄至二十月龄之间。我们都来自夏洛莱地区，但不在同一个农场。我所在的农场，只有我一个。

这是一架货运飞机，机头部分居然能直接升

到半空，装我们的铁笼沿着带有坡度的铁板从升起的机头下方直接被推进了机身腹地。这是我第一次见到飞机。分别装着我们的五十个铁笼被推进机身后，工作人员又用绳子对铁笼进行了固定。看着他们加固铁笼时的小心翼翼，我从内心发出了一丝鄙夷的嘲笑——多此一举。莫非这些铁笼还能自行飞出飞机？我讨厌这些一路束缚、限制着我们自由的铁笼，巴不得它们能突然散架或者因某个特殊的原因而灰飞烟灭。但这些属于意念范畴、不切实际的空想、遐想或者妄想，终究是虚无缥缈的，我们依旧被禁锢在里面。我试着用脑袋碰撞这铁笼，试图将其撞个稀巴烂，或者使其轰然倒塌，或者撞出一个可以出逃的口子来，但这一根根分布均匀、焊接牢固的钢筋不知比我的脑袋硬了多少倍，尽管我因用力过猛而致脑袋生疼，钢筋依然纹丝不动，我的三个预期目标一个也没有实现，全部落了空。在将要彻底放弃之前，我依旧心有不甘地朝这个可恶的铁笼踢了一腿。这一腿的力道有些大，疼得我龇牙咧嘴了好一阵子。

当五十个铁笼被固定得结结实实后，飞机开始移动了，我的位置正好对着一个机舱的窗户。透过窗户，可以清晰地看到外面的世界。正是这次飞行，开拓了我之前十分有限的眼界，使我领略了这个世界的海阔与天空。几十年后，一位女教师写了一封辞职信，内容只有十个字——世界那么大，我想去看看。这封辞职信被网友称为史上最具情怀的辞职信，没有之一。这次飞行之后，我觉得世界真的很大，确实该看看。我太理解那位女教师当初的想法了。

飞机沿着跑道开始滑行。大约五分钟后，一阵"嗡嗡"声突然从机身上传了出来，我不知道这声音是从飞机的哪个部件发出的，只听到了巨大的声响。紧接着飞机开始加速，像要冲刺的样子。也就是一分钟左右的时间，能明显感觉到飞机已加速到一个相当快的速度。飞机的头部突然向上仰起。我没有想到飞机会有这么一个动作，身子跟着就是一个趔趄，幸亏铁笼提早进行了固定，没有向后滑动。

飞机沿着一个角度在上升，像在爬坡，我也仿佛跟着飞机在一起爬坡。站在铁笼里的我，感觉身子一直在向后倾斜，臀部已紧紧贴靠在铁笼的边缘。耳膜有一种被压迫的感觉，"嗡嗡"作响，非常不舒服。好在持续的时间不长，几分钟后，耳朵恢复了正常。

飞机还在上升，地面已越来越远，刚才还巨大的房舍已变得越来越渺小，像小孩儿的玩具一样陈列在那里，似乎只需轻轻一捏就可以拿到手中。一块一块的耕地说不规则也还规则、说规则也就那样地排列着，像黑板上的粉笔字被沾满了粉笔末儿的黑板擦擦拭过一样，字迹虽然没有了，但留下了一道道黑板擦滑行过的痕迹。这些平日里牛马驴骡劳作的地方，现在看来竟然如此渺小。只有跳出自己的一亩三分地，才知道天地之广阔。

头顶的云层离我们越来越近了，感觉近在咫尺。几分钟后，窗户外飘来了浓雾一样的东西，我突然反应了过来，这是云层，飞机在穿越云层！这是我第一次与云近距离接触，或者说是零距离接触，如果没有那层薄薄的像硬塑料做成的窗户，此刻我就置身于云中。或者说，如果将窗户开一条细细的缝，外面的云就会钻进来，我同样可以置身于云中。

搁在平日，那高高的云朵充满了神秘甚至神话色彩，我们只有仰望和敬畏的份儿，何曾、何敢有近距离甚而零距离接触的念头？今天却实现了。缘分就是这么神奇。我欣喜若狂。那感觉比见到自己崇拜的偶像不知强烈了多少倍。

就在飞机穿越云层的一瞬间，机身突然开始颠簸，又像在颤抖。我的整个身子也开始左右晃动。我开始紧张起来了，感觉生命要在这里终结。我想起了父亲和母亲。被从农场拉走的那一刻，我经历了与父母的"生离"。而这一刻，生死未卜，我感受到与父母的"死别"。遗憾的是，就要"死别"了，父母却不在身边。想到这里，我的两行热泪顺着眼角滑落。我体悟到了生命个体的渺小，以及对自己生命把控的无能为力。只能听天由命地在颠簸与颤抖中等待着可怕一幕的发生。我甚而想象出了飞机从万米高空摔下去的惨烈场景——在一处原始森林里，机身断为几截，机头浓烟滚滚，满地散落着飞机的碎片，旁边几棵高大的树木也被点燃，机上的人员无一幸免，当然，我们也被摔死了……将事情的最坏结局都想到后，反而坦然了许多，大不了就是一死嘛！我竟然佩服起了自己的视死如归。这可能和年龄有关吧——年轻气盛，无惧生死。听说人老了以后有三个特征：贪财、怕死、不瞌睡。我不知道牛老了以后，会不会也这样？我现在还很年轻，无法体会到这些，即便绞尽脑汁地去想，也还是想不出一个子丑寅卯来。我扭头看了看离我距离较近的其他几位小伙伴，他们的状态比我也没好到哪里去，或者说还不如我。这里面，有惊慌失措的，有面如死灰的，有身体发抖的，有干脆已不能站立而卧在铁笼里的，还有屎尿滴滴答答不能自已的……"哞""哞"之声此起彼伏，杂乱无章地回荡在空间有限的机舱内。

飞机突然斜着飞了起来，我们一个个又都跟着东倒西歪，如果不是铁笼挡着，早已在机舱内满地打滚了。斜着飞了数秒后，飞机像呈四十五度角掉转了方向，然后平缓地向前向上飞行。可能是上天有好生之德，可能是我们不该命丧于此，更可怕的事情没有发生。一切又恢复了正常。

我长吁了一口气，感觉与死神擦肩而过。

随着飞机的继续前行，窗外机身下的景色在不断地变化着。有深蓝色的海洋，有长长的河流，有弯弯的小港，有基本呈圆形的湖，还有连绵的山脉，成片的森林以及密集分布的城市建筑

群……在短时间内将这些形态各异的景物一览无余，也只有在飞机上了。

一层厚厚的像棉花一样的白色云层出现了，准确地说，更像波涛汹涌的云海被相机定格在那里，静止不动。比起云层，我更喜欢使用"云海"这个词。我觉得这个词更形象，更生动。那一望无际、铺天盖地、连绵不绝的云海，将天与地之间生生隔开，没有一丝空隙。

这是我第一次在云端之上俯视云层。那神奇而壮阔的景象我一生都没有忘记。在云层之上，太阳高高地挂在那里，四周无一物。天是瓦蓝瓦蓝的，没有丝毫杂质，连一丝浮云都没有，是纯粹的天空。所谓"净土"，此处大约算是。看着界线分明的天空，我感觉，天界进行了明确的地盘划分——云层到此为止，往上再不能有任何扩张或存在，即便是一朵云或一丝云也不行。我发现，我看到了第二个天空。在平日的地面上，抬头仰望到的天空，是掺杂了云层或人类排放污染物的天空，而此刻的天空是剥离了云层的天空，是没有掺杂任何成分的天空。如果说在地面上看到的天空是蓝色的，那一定是浅蓝或灰蓝，只有在云端之上看到的天空才是深邃的蓝，是纯净的蓝，是瓦蓝，是看过一眼就能让一颗躁动的心瞬间平静的蓝。那是一种神奇的蓝。

飞机像静止了一样。机身下云朵形状的不断变化，提示着它依旧在向前飞行。

站在铁笼里的我感觉四条腿有点酸困，但我没有卧下去的意思，我的注意力全被窗外的景色吸引了。如果卧下去，我将会错过窗外的风景。这是我第一次乘飞机，我不想错过从这样的高度、这样的角度看到的一切。我不知道，下一次再乘飞机是在什么时候，或者说，还有没有下一次，尽管我是伤心欲绝地被带上飞机的，我本不想乘这飞机。但事已至此，无力回天，只能把握住眼前这稍纵即逝的画面。对于一头无法将命运掌握在自己手中的牛，还能干点什么呢？想到这里，父母的话语又像定好的闹钟一样准时回响在我的耳边。他们说，我只是换了一个地方去生活，他们不久后就会来看我，或者和我一起生活。我也想起了农场里主人与那三个陌生人的谈话。他们说，我是肩负着法中两国友谊的使命出发的，要做一头有家国情怀的牛，怎么能计较个人得失呢？对于父母的这些话语，我能听懂，但总有些担心，怕他们到时候找不到我，甚而开始考虑他们寻找我时的路线。对于主人与那三个陌生人的话语，我却听得懵懵懂懂，无法去深层次理解他们在表达什么，毕竟我只是一头牛，而人类的思想又很复杂，有些语言还不是直接用来表达本就已经很复杂的思想，而是充满了拐弯抹角，甚至还言不由衷。一想到这些，我就有些头痛，索性不再去想。事实是，这是我一生中第一次也是最后一次乘飞机。我苦苦等待了五十年，父母也没有来看我，更别说和我一起生活了。在我有生之年，再也没见过父母。那一次与父母的对话，竟成了我们的永别。"竟成了我们的永别"，这句话我经常在一些回忆类的文章中见到，每看到这句话，在为作者伤感之余，总觉得这句话太过陈旧，没有一点新意或创意，就如"鹅毛般的雪花""泪水像断了线的珍珠""天空出现了鱼肚白""让这个原本不富裕的家庭雪上加霜"等，老套且无力。我不喜欢这些没有新意或创意的句子。但没有想到，这样的句子居然出现在了我的口中，这样的事情居然发生在了我的身上。永远不要以为有些事情离你很远，与你无关，也许在某一天，它就会光临你的世界，给你一个猝不及防。人不可能永远置身于事外，牛也一样。

飞机不知道飞行了多少个小时，只感觉天逐渐黑了下来。一会儿的工夫，整个窗外已是漆黑一片。

我也累了。趁着无法欣赏窗外的空当，我赶紧卧了下去。在四条腿着地的瞬间，刚才用力踢

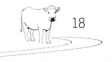

了一下铁笼的那条腿还感觉有些生疼。

当我睁开眼睛的时候，机舱里已一片光明。天不知是什么时候亮的。我赶紧站了起来，目不转睛地继续盯着窗外。

随行的人员给我们准备了食物和水。我确实有点饿了。为了不错过窗外的风景，我边咀嚼食物边抬起头向外望去，直到再吃下一口时，才将头低了下去。

厚厚的云层已经不见了。在机身下面点缀着一些形状各异、或大或小的云朵。地表的景物，在将近万米的高空处看到的只是一个卫星地图般的概貌，山不是具象的山，树不是具象的树，路不是具象的路。

太阳依旧高高地挂在上面，天空依旧没有丝毫杂质。我突然反应过来，在飞机飞行的这个平流层，一年三百六十五天都是阳光明媚的晴天，在这里，没有阴天和雨天一说。几十年后，一首歌词中出现了"天不刮风，天不下雨，天上有太阳"的字样，我想，这样的情况，只有在平流层及以上才可以实现。

也是在这个时候，我发现了一个现象：云朵是什么形状，就会在地面投下一个什么样的阴影。一朵带状的云，就会在地面上产生一条带状的阴影；一朵圆形的云，就会在地面上产生一个圆形的阴影；一朵像章鱼的云，就会在地面上产生一个章鱼形状的阴影。现实是，人们很少从上往下去观察云朵的投影，更多的精力用在了从下往上去观察云朵的形状，比如这朵云像一匹马，那朵云像一只猫，另一朵云像一个人。当然，在云朵之上去观察其投影的机会毕竟不是很多。

大约快要着陆，能明显感觉到飞机在下降。半空中悬浮着一层如烟似雾的薄薄的东西，这应当是人类排放的气体。显然，离人类居住的区域直线距离已越来越短。

飞机的高度确实在下降中，窗外的景色印证了这一点。

起起伏伏的山脉像树叶背面的纹路一样，覆盖在地表上。干涸的河流，像一条条白灰色的丝带，蜿蜒在山脉脚下。几条细细的白线歪歪扭扭地盘绕着那些山脉，像是绘画中的勾边，这些细细的白线应当是一条条公路。树木像墨点一样点缀在那里，森林则像山水画中多个墨点的聚集。地面上行走的人连蚂蚁大小都没有，像是消失了一样，很难捕捉到他们的身影，只能猜测他们大约存在。

飞机的高度依旧在下降。

地面上的"白线"宽了起来，公路上行驶的汽车像虫子一样缓慢地向前蠕动着。密密麻麻的建筑出现了，又矮又小，像用缩小镜缩小了一般。飞机应当正在经过城市的上空。

十几分钟后，地面上的一切已看得清清楚楚，停机坪上的跑道也已清晰可见。

飞机贴着一处民宅的屋顶以滑翔的姿势快速掠过，几只鸡在院子里低头专注地啄着什么，显然它们已习惯了这巨大的噪声。片刻后，随着"嘡"的一声响，飞机的轮子与地面进行了亲密而有力的接触。此刻，我想起了一个成语——掷地有声，如果将"掷"改为"落"，似乎更适合刚才的这一声巨响。

飞机向前滑行了一段距离后，停了下来。我悬着的一颗心终于不再悬着。这一路下来，如果航线也能用"路"来形容的话，除了在高空领略沿途的风光外，乘机的整个过程基本就是：滑行、冲刺、上升、颠簸（或曰颤抖）、倾斜、转向、飞行、下降、颠簸（或曰颤抖）、俯冲、落地、滑行。起于滑行，止于滑行。就如生命个体一样，从出生到死亡，绕了一圈后又回到了原点——生不带来任何东西，死不带去任何东西，赤条条来，赤条条去。这是宏观。从微观上看，一个上了年纪的老人，其行为举止如同一个年龄不大的小孩儿，于是有了"老小孩儿"一说，同样又回到了原点。

在我的生命历程中，这是一次特殊的飞行之旅。在之后的岁月中，这段经历成为我重要的回忆内容，像一个酒后的人说着车轱辘话，循环往复。

四

装载着我们的铁笼从机舱向停靠在那里的解放牌汽车上转移时，我抬头看到航站楼上方悬挂着四个斗大的汉字——虹桥机场。显然，我们已从法国巴黎来到了中国上海。但上海不是我们的终点，只是一个中转站。

刚一下飞机，几名海关人员就对我们进行了现场检疫，尽管我们来之前已经在法国做了一整套复杂而全面的出境检疫。比起在法国时的那套检疫流程，现场检疫倒是简化了许多。在核实了我们的品种和数量后，海关人员又对我们进行了体温检测，核对了每头牛耳标上的信息，查看了运输日志和法国官方出具的检疫证书等。随即对

我们乘的飞机、装载我们的铁笼以及我们刚下飞机停留处的地面进行了严格消毒。现场检疫合格后，我们连同铁笼被分别装在几辆解放牌汽车的车斗内，按照预定的路线进行隔离场转运。在转运的过程中，海关人员全程进行了押运。

看着他们那副严阵以待的样子，我差点笑出声来。我觉得他们真是小题大做，且不说我们都通过了法国官方检疫部门的检疫，即便没有这一道严格的流程，我们也都是活蹦乱跳、青春洋溢的牛犊，能有什么病？真是的！

然而，二十六年后，一场口蹄疫横扫了我们生活的区域，许多同族命丧于那场浩劫。如果不是当地对我们所在的白牛分场进行及时隔离、封锁，大家能不能挺过那场难关，还真不好说。当然，这些都是后话了。但当时，年轻气盛又毫无社会阅历的我，就是那样想的。值得一提的是，就在海关人员见到我们的第一眼时，他们瞬间睁大了眼睛，表情一个个都显得很夸张——"哇，这些牛怎么这么白啊！""这些牛好大啊！""好漂亮啊！""和咱们的黄牛品种不一样啊！"……这些惊叹与赞美的语句，让刚在异国他乡落地的我们心里有了一丝温暖。

汽车向前行驶着，站在车斗内的我们显得高晃晃的，像踩了高跷。非机动车道上是大量徒步行走的人群和少量骑着二八式自行车的人。机动车道内，偶尔会看到一辆公交车通过。公交车的结构很独特，像用手风琴将两节车体连接在了一起，拐弯时，两节车体的连接处会折出一个弧度来。道路两旁的建筑，整体上比较低矮，像是平房的样子。这些与法国都有着很大的不同。我所在的省份早已高楼林立，很少能见到这样的建筑，在街道上也尽是川流不息的机动车。当然，这些也是我在参加那次全国比赛时看到的。之前，我以为法国的样子就是我所在农场的样子，农场就代表了法国。

在沿街的墙体上，写着斗大的标语——

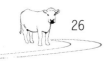

"农村是一个广阔的天地，在那里是可以大有作为的"……

大约一个小时后，我们被拉到了隔离检疫场，开始了为期四十五天的集中隔离。

当确认过眼神——异国他乡无误后，我知道一切已成定局，无法更改。

我想起了远在故乡的父亲和母亲。

五

我出生在法国索恩-卢瓦尔省夏洛莱地区的一个农场。那里景色怡人，风景如画，远远望去，几种鲜艳的色调在那里汇合，立体地呈现出一幅足以让人来了之后就会流连忘返的田园图。

眺望农场，在蓝天白云之下，一片碧绿，那绿仿佛是绿波荡漾后无限延伸的海洋，尽显生机。那里有高大的树木，有平整的草坪，有坡度很缓的山丘，有整齐划一的农田，有一串串垂挂在枝条上的葡萄……如果没有人提醒，你会误以为自己也是这大自然中天然的一部分，与天地浑然一体，毫无生疏感与局外感。

母亲说，我出生的时候，体重竟然达到了四

十二公斤，是标准的健康母牛犊的体重。

"等我舔舐干净你身上的黏液后，你晃晃悠悠地就站了起来。你不知道当时你有多可爱！一身白色的被毛，没有犄角的秃秃的脑袋。一双大而明亮的眼睛，两只圆而乖巧的耳朵，特别是那浓密而修长的睫毛，居然也是白色的，向下直直地延伸着，真是好看极了。不像人类化妆时安上去的假睫毛，弯曲而稀疏，千篇一律，假得一目了然……"母亲和我讲起这些时，连语气和表情都充满幸福和自豪的味道。我听得有些害羞，感觉脸上在一阵一阵地发烫，心里却在想：我真有那么好看吗？我觉得，在这个农场里，所有刚出生的牛犊基本和我一个模样，没有多大的区别，因为大家都属于一个品种——夏洛莱牛。就如天上飞过的两只燕子，看上去都是黑色的翅膀、白色的肚皮，有什么区别吗？孩子还是自家的好，在天下所有的母亲眼里，自己的孩子都是宝贝。我觉得，母亲眼中的我，就是那个使用了相机美颜功能后呈现出来的"宝贝"，光鲜亮丽，没有瑕疵，近乎完美。

在很长一段日子里，我常常想，一头牛如果能一辈子待在像农场这样环境优美的地方，生儿育女，安度晚年，直至死去，那该是多么美好的事情啊！直到有一天，母亲和我谈起她那个非常奇特的梦。

"在你出生的时候，有非常奇特的现象出现，用一个什么样的词来形容呢？"母亲平淡地说着，边说边在思考着一个合适的词。

停顿了一会儿，母亲像想起了这个合适的词，"用中文里的'祥瑞'来形容，我觉得比较合适"。

从我记事起，在我们圈舍的墙壁上就挂着一台电视机，经常播放着各种音乐。我曾听农场主人和一位到访的客人说过："牛和人一样，需要听听音乐。不论是奶牛，还是肉牛。"我当时就"扑哧"一声笑了，觉得主人挺有意思，感觉像是很懂牛似的。一段时间后，我发现主人是真的懂牛，这个"农场主"的称号看来不是白给的，是真有两把刷子的，因为我们已习惯了并非常享受这个有音乐存在的世界。随着旋律响起，我们的心情立即跟着好了起来，是那种说不出缘由却莫名就好了起来的感觉，像是被突然扣动了心中某根长时间隐藏的弦一样，仿佛进入了另一种意境。我感叹这音乐的魅力，这种魅力是其他东西无法拥有也无法代替的，具有独一无二性。当然，主人也不是二十四小时不间断地给我们播放音乐，就如想厌弃一首歌曲，就把它设成起床闹铃一样，时间一久，就会厌烦，直至遗弃。主人是非常明白张弛有度的道理的，在播放音乐后，也为我们播放其他知识类节目，这里面就有一些是讲解外国文化的，其中一档是专门讲解中国传统文化的。我是从那时起开始关注中国传统文化的，进而开始关注中国。不看不知道，一看真奇妙。以电视画面的方式呈现出来的这些传统文化知识，有一种强烈的视觉植入感，看过之后就难以忘记，直接入脑，进而入心。我被这个国度的文化深深吸引，并一头钻了进去，大有后来人们经常使用的一个词——"追剧"的意味，狂热而迷恋。与我一起痴迷于"追剧"的，还有我的父母。看来，我喜欢这个国度的文化，是遗传在起作用，基因的作用太过强大了！除了一起探讨音乐外，我们还一起探讨中国文化，这些都成为我们这个家庭的独特之处。一切似乎都在做预演和铺垫。在之后的岁月中，每当思索为何偏偏是我来到中国时，我就会想起这些。

"是什么祥瑞？"我非常好奇地问。

"你出生后不久，也就是刚刚能勉强站立的时候，农场的院内突然出现了一道彩虹，整个彩虹将吃力站着的你罩了进去，你的整个身子都是五颜六色的。"

"当时是不是刚刚下过一场雨？"我问道。

"你是怎么知道的？"母亲一副吃惊的样子。

　　"这是自然界正常的光学现象。太阳光照射到空气中的小水滴，经过光的折射和反射，就会在天空中形成拱形彩色环，而这就是彩虹。"我滔滔不绝地背诵着那些存储在大脑里的知识点。"多储备一些知识，终究不是坏事。"我心里在暗自庆幸。

　　母亲一副半信半疑的样子。显然，我的解释没能说服她。果然，她又说道："孩子，我知道你不是一个普通的孩子，你是肩负着神圣使命来到这个世界的，不管你相信还是不相信。"

　　我听得一脸迷茫，"神圣使命？"

　　"在你出生的头一天晚上，我做了一个梦。"母亲像在竭力回忆梦中的情景，"天使和我说……"

　　"天使？"还没等母亲说出后面的话，我又"扑哧"一声笑了出来，"您梦中的那位天使长什么样子？这世界真有天使？"

　　母亲没有因我打断她的话而生气，"梦境中

的天使长什么样，我没有看清楚，但在梦中，她是以天使的身份出现的，而且送给我几句话，如果你愿意继续听下去的话"。

我没有再和母亲争辩，听她继续说了下去。

"天使说：'即将出生的这个孩子是肩负着使命来到这个世界的。有四句话送给她：学贯东方，吉人天相。儿孙绕膝，终老他乡。'"

母亲刚一说完，我便"哈哈"大笑了起来，"我只是一头牛，莫不成是来拯救这个世界的？莫不成还能成为一代大学问家？莫不成还会长命百岁？我想，这样的事情是不会发生在我的身上的，即便我是一个擅长科幻写作的作家。我这一辈子也就在这农场里生活了，还能去哪儿呢？"

"这个世界上没有绝对的事情，一切都有可能。"母亲一脸的严肃，一丝惊慌的神色瞬间划过她的脸庞，仿佛我刚才的话语已然亵渎了神灵。"我特别留意了一下，梦中天使送给我的四句话，非常像中国的诗词，而且还是押韵的。你

对中国的诗词也是了解的，难道你不觉得很奇怪吗？如果你留意观察的话。"

"会不会是因为您焦虑过度才做了这样一个梦？用中国的话说，叫'日有所思，夜有所梦'。"我依旧不太同意母亲将这神话般的梦境与现实混为一谈。

母亲意味深长地看了我一眼，没有说话，像怕泄露了天机一样，抬头望向了远方。

为了缓解这尴尬的聊天气氛，我扭头望了望站在旁边一声不吭的父亲，"这些事情您知道吗？"

"你母亲曾和我说起过。"父亲说道。

其实我问父亲那句话的潜台词是："您是怎么看待母亲这番话的？"

父亲像是没有理解我话中的言外之意似的，只是按照我的字面意思回复了我。我感觉父亲是有意这样回答的，他不可能没有听出我的话外之音。

白牛

从我记事起，父亲就是这样。对母亲说出来的话，他从不去反驳，一副完全认同、高度认可的样子。我总觉得父亲在母亲面前唯唯诺诺，很害怕母亲似的。

一次，母亲和我说，她和父亲自认识以来，在很多问题和事情的认知与判断上没有发生过大的分歧，基本保持了观点的一致。母亲说，这就是"三观"接近。从母亲的叙述中，我读出了幸福的味道——一种女人对婚姻很满意的味道。而事实是，在这个农场内，母亲并不是父亲唯一的配偶。父亲还和其他母牛生了许多像我一样的孩子。母亲对此似乎并不在意。我不太清楚母亲是因为知道父亲是这里唯一的异性，必须肩负繁育后代的责任，还是她对婚姻中的自己充满了自信。或者，二者皆有。从平日里父亲和母亲形影不离的举止看，母亲确实在父亲心中占据着无可替代的位置。在这宛如宫廷的生活中，母亲是最终的胜利者，以我幼小的年纪还无法判断出这里

有没有"宫斗"。

一次，父亲趁母亲在不远处吃草时，悄悄凑过来和我说："你母亲和你说的一些事情，你不要太当真，比如上次那个梦。"我听后一怔。父亲的这番话，超出了我对他以往的认知。

父亲显然觉察出了我异常的反应，解释道："在你还没有出生的时候，你母亲有一次生病发高烧，医生碰巧到集上办事，一时没有赶过来，你母亲烧了很长时间，她的脑子多多少少被烧坏了一点，我怀疑。"

"我母亲很正常呀！平时也没有不正常的地方呀！难道不是这样吗？"我争辩道。

"平时的确看不出来，如果不仔细观察的话。我是说多多少少烧坏了一点，受损程度不太严重。"父亲补充道。

我有些蒙圈，一脸茫然地望着父亲。

"你母亲在别的地方都很正常，但在梦境方面，有时候神神道道的。她对自己的梦相信到了近乎顽固的程度。她坚持说她做的很多梦应验了。比如，她说，她曾梦见院子里进来一只猫，第二天院子里果真就进来一只猫；再比如，她说，她曾梦见一只喜鹊落在了她的脊背上，第二天果真就有一只喜鹊落在了她的脊背上，还不停地啄食上面粘着的谷物。还有很多类似的例子，我一时想不起来了。她有时候前脚刚和我说完，后脚我就忘记了。这里面可能有我不相信的成分在起作用，所以，忘得比较快。当然，她说的这些都是她自己的叙述，没有佐证，也无法印证，同时也不排除她将梦境错记成了现实，我是说不排除。当然，我说的这些也是我的推测，同样没有佐证，无法印证。"父亲在逻辑严密地分析推理着，像是一位在大学里讲解逻辑学的教授。

"这会不会是第六感觉呢？"我有些疑惑。

"谁知道呢？都是些深奥的东西！"父亲同样一脸的茫然。

我没有受父亲这次谈话的影响，依旧觉得母

亲是非常正常的，甚而怀疑父亲是不有点神经质。但对母亲做的那个关于我的神话色彩非常浓烈的梦，我是打死也不会相信的。我坚持认为那是母亲因白日焦虑而夜有所梦。至于我出生时彩虹照在了身上，我觉得那纯属巧合，没有什么值得炫耀的地方。放眼望去，雨过天晴后，彩虹不也经常悬挂在半空中或者山腰处吗？大可不必过度联想与解读。

然而，没有想到的是，母亲的这些话，最后都应验了。但我依旧觉得，这些纯属巧合。

六

就在我与小伙伴们在农场里奔跑、撒欢儿的那个秋季的午后，我的命运正悄然发生着改变。我记得非常清楚，那是 1973 年。那一天，太阳温和地挂在半空，微风习习。

当我华丽地完成那套撒欢儿的动作时，院子里的主人将这一切都看在了眼里。如同当时我对自己这套动作的评价一样，主人同样给予了高度认可。对此，我却浑然不知。当我最后故意慢吞吞地走着，且走出了大摇大摆、六亲不认的步伐时，主人彻底将我铭记于心。

一周后，法国的全国性种畜大赛开始报名了，主人果然把我作为农场唯一的参赛选手报了

上去。

正式比赛的那一天，赛场上人山人海。除了人头攒动外，就是牛头攒动、马头攒动、羊头攒动，以及其他各种"头"的攒动。主人们用绳子牵着各自的参赛选手，一个个看上去信心满满、胸有成竹，感觉自己选送的选手一定会获奖似的。自信的人群里面，就包括我的主人。

当轮到我正式上场时，我还是有点小紧张，毕竟如此大规模的全国性比赛，我还是第一次登台。我发现，仅我们牛犊这一个类别，就分了好多组在同步进行。

工作人员给了主人一个编号，上面写了两位数字——12，这个编号是我的。在我们这个组里，我是12号选手。主人将编号别在了我的耳朵上，然后笑容可掬、一脸喜气地拉着我登上了赛台，像登上了通往成功之门的阶梯。台下一米远的地方，坐着一排评委。

我一登台，工作人员就示意主人把我牵到一

个称重的地方。比赛的各个环节从称重依次开始了。台下坐着的那些评委也都离开了座位，向我围拢过来。这些评委像已经分好工似的，有摸我被毛看毛色的，有用力按压我身上的脂肪测试膘情的，有拿尺子量我身高和体长的，有边瞅我边翻阅手中关于我的出生档案的，还有拽我耳朵的，掰我眼睛的，撑开嘴巴看我牙齿的……

一套流程下来，我已有点不耐烦，感觉他们在强行给我做一套全面的体检，且不征求我的意见。最让我感到厌烦的是，这些评委除了动手外，嘴也没有闲着，不停地对我评头论足：

"遗传的稳定性不错！"

"纯度相当高！"

"好体质！"

"日增重保持稳定。"

"体形不错。"

……

评委们每点评一句，主人脸上就露出一丝笑

容。整个过程，主人脸上的笑容灿烂如花。

在太阳离落山还有两丈距离的时候，我的参赛成绩出来了——牛犊组第三名。

激动人心的时刻终于到来了。主人牵着我朝领奖台走去，背景音乐非常适时地响了起来。我雄赳赳、气昂昂、迈着不可一世的步伐走向了领奖台。主人仿佛和我保持着相同的姿势，迈着和我相同的步伐，和我朝着相同的目的地走去了。是我影响了主人，还是主人带偏了我，我有些迷茫，一时无法判断清楚。工作人员将一朵用丝绸做成的大红花戴在我的头上，同时将荣誉证书和奖杯交到了主人手里。台下响起了热烈的掌声。几台照相机发出了"咔嚓""咔嚓"的响声，几架摄像机在台下来回移动着。我知道，在媒体接下来的报道中，将会出现我靓丽的身影。

站在高高的领奖台上，我朝下面黑压压的人群、牛群、马群、羊群以及其他各种群俯视了一眼，他们都用别样的眼神在看着我，这眼神里有羡慕，有嫉妒，也许不排除也有恨吧。但，关于"恨"，我没有看到。那一刻，我突然觉得自己像一个凯旋的英雄，威风凛凛。站在我身旁的主人，脸已笑成一朵盛开的鲜花，无法合拢的嘴唇下，是向外裸露着的两排牙齿。主人不时向台下挥舞着双手，一只手里拿着证书，另一只手里拿着奖杯。我非常担心，怕兴奋过度的主人会将那个奖杯失手甩下领奖台而摔个粉碎。

站在台上的那一刻，当荣誉、掌声与聚光灯都向我涌来时，我感受到了人生的高光时刻，准确的表述应当为——"牛生的高光时刻"。

那一晚，跟随主人回到农场后，无疑，我成了当晚的主角。大家或真心或假意地纷纷前来向我道贺，我故作矜持地向他们频频点头，以示回应。那情景，让我想起了平日里员工和农场主打招呼时的画面。我没有刻意去模仿农场主，做出来的动作却有着浓浓的模仿嫌疑与痕迹。想到这里，我激灵灵打了一个冷战。

　　果然是"母以子贵"。那一晚，母亲也成了被祝贺的另一主角，弄得她不停地向对方回礼。虽然没有人向父亲祝贺，但从父亲的眼神中，我看出了欣慰。在农场众多的孩子中，我觉得父亲是最疼我的。这一点，我特别像母亲。母亲一直觉得，在众多的妻子中，父亲是最宠她的。基因的强大，就是这么厉害，连这都遗传。

　　当前来祝贺的同伴陆续散去后，母亲来到了我身旁。

　　"真棒，我的孩子!"母亲说完后，眼里闪烁着泪花，那是幸福与骄傲交织在一起的泪花，"我就知道，你不是一个普通的孩子。"说完这句话后，一丝惊慌的神色从母亲的眼神中瞬间划过。

　　我知道，母亲一定是想起了她那个关于天使与我的梦。在那个梦中，我是要"终老他乡"的，这有违母亲的意愿。

白牛

七

　　个体的命运，总是和家国大事联系在一起的，或紧或松。这是主人和一位到访的客人聊天时谈到的一句话，没想到，这句话居然能用在我身上。在我的记忆里，主人的朋友似乎非常多，经常会有不同的陌生人光顾他的农场。这些陌生人来到农场后，要么在主人的陪同下详细参观农场的每一个角落，没有丝毫遗漏，看到感兴趣处，还会提出各式各样的问题；要么和主人并肩沿着草坪、山丘一路走去，边走边谈，有时还会停下来，双方都比画着手势，显然谈到了激动与关键处；要么主人将一张桌子摆在院内大树的阴凉下，取出葡萄酒，盛上佳肴，边吃边喝边聊……我隐隐约约觉得，除了"农场主"这个身份外，主人还有什么别的职务，但具体是什么职务，我没有搞清楚，一来我无意去倾听他们的每一次谈话，二来对他们谈话中涉及的某些话题，我并不了解，有时也听不明白。但当他们谈到和我有关的事情时，我都会聚精会神地听下去，比如说，饲草、圈舍、饮水之类的。当然了，他们有时候也会谈一些我比较感兴趣的内容，比如上面刚提到的那句话。

就在我获得全国比赛第三名的半个月后，也就是 1973 年 9 月 11 日至 17 日，应中国政府邀请，法国总统蓬皮杜对中国进行国事访问，成为第一位访华的西欧国家元首。蓬皮杜总统访华时已身患癌症，而同样饱受癌症之苦的中国国务院总理周恩来全程陪同。访问期间，周恩来总理将大同工匠精心打造的雕有"九龙奋月"图案的铜火锅赠送给了蓬皮杜总统。据说，那个铜火锅除了外表格外漂亮外，里面加水后，上面雕刻的几条龙还会动。当然，这些都无从考证了。但能作为国与国之间赠送的礼品，其工艺之精湛可想而知。作为回礼，1973年10月，蓬皮杜总统赠给周恩来总理五十头夏洛莱牛。其中的十七头被送到了内蒙古培育，而这十七头夏洛莱牛里，就包括我。

这些事情，我当时并不知情，完整了解整个事件的来龙去脉，是在几十年之后了。

就在我从农场被拉走时，对此事依旧一知半解。那时的我根本不关心国家大事，我关注的只有四样：吃好，喝好，玩好，睡好。当然了，主人通过电视节目给我们播放的音乐和一些外国文化知识除外。所以，我做梦都没有想到，如此重大的国际事件会和我这头出生在农场的牛犊扯上关系。用农场主人的话说，我成了法中两国友谊的桥梁。天底下的事，一切皆有可能。

那是一个秋日的黄昏。

天空布满了乌云，黑压压一片，一种山雨欲

来风满楼的感觉压得人喘不过气来。

　　一辆卡车停在了农场门口。从车里下来三个人，径直朝主人的房间走去。

　　一会儿的工夫，主人带着这三个人走出房门，朝着我们的圈舍走了过来。

　　母亲像有预感一样用警惕的眼神盯着这些陌生人，下意识地将身子朝我这边移动了一下，保护的意图非常明显，我们紧紧地挨在了一起。母女连心。

　　主人用手指了指我，朝着那三人中为首的一人说道："就是这头牛犊，刚刚拿了全国比赛第三名的成绩。你看那体质，多棒哪！"

　　主人刚一说完，那三人便向我围了过来，有摸我被毛的，有用手指挤压我膘情的，这让我一下子想起了前段时间参赛时那些评委们的动作。我不喜欢他们这种不打招呼也不征求我的意见，过来就动手动脚的行为。我本能地发出了抗拒，将身子扭向了一边。站在一旁的母亲瞬间将她的身子横了过来，在我与那些陌生人中间形成了一堵墙，一堵牛墙。

为首的那人说道："不错，不错，是个好苗子，那咱们现在就拉走吧。"

其他几人点了点头。

说时迟，那时快，主人突然将一个笼头套在了我的头上。这个由三根短绳组成的三角形笼头，一根卡在我的鼻梁上，一根卡在我的下巴下，另一根卡在我的后脖处。在下巴处的那根短绳上还套着一个铁环。另一根较长的绳子一头拴在铁环上，另一头握在主人的手里。显然，这是一根缰绳。

主人的手里什么时候多出这么一个带缰绳的笼头，我居然没有发现，母亲也没有发现。我们的注意力全都集中在那三个陌生人身上了，而忽略了主人。看着主人手里的缰绳与我头上的笼头，我想起了两句话，一句是"堡垒最容易从内部被攻破"，另一句是"大部分的案件都是熟

人作案"。

在农场，笼头是专门给我们准备的。戴上笼头后，主人牵着我们走路、干活时，就方便多了。戴上笼头后，即便我们想逃跑，成功的概率也微乎其微。

这是我长这么大以来，第二次被戴上笼头。第一次是主人牵着我去参加那场全国比赛。那一次，尽管我不太情愿，但内心还不是太过排斥，因为我知道我要去干什么，而且我对比赛结果充满信心。

但这一次被戴上笼头，我是一百个不乐意的，内心深处充满了排斥，我不知道他们要干什么，尤其是面对那三个陌生男子，心里总是莫名地紧张，总觉得有不好的事情要在我身上发生。

母亲"噌"的一下将头放在了缰绳上，两眼瞪着这些陌生人，试图阻止主人将我交出去。作为牛类的我们，终究是善良的，甚而是懦弱的，但基因就是如此，没有办法，尽管我们长得又高又大又壮。如若换作其他动物，比如一只狗，早已扑过去与那些人撕咬在了一起。即便是一只体形并不庞大整体并无多大杀伤力的鹅，也会摇晃着身子，朝对方冲过去，用它那并不锋利的喙啄上对方几口。但那时的母亲只是瞪大一双本就已经很大的眼睛盯着对方，没有采取进一步的行动，似乎在等待对方行为升级后，再作反应。

主人朝那三个人笑了笑，说："看到没？这就是舐犊情深。"

那三个人也跟着笑了起来。

"护犊子，就是这么来的。"其中一人说道。

"人们常说眼睛瞪得像牛眼一样大，原来牛眼瞪大后，真的很大啊！"另一人接着说道。

众人又笑。

主人像安慰我一样，又像自言自语，嘴里念念有词道："不要怕，小牛犊，跟着他们走吧。你这是要去享福了，你享受的可是国礼待遇。知

道吗？国礼，那可是国礼啊！虽然我在农场饲养你，但我都没有享受过国礼的待遇。到中国后，好好生活，生儿育女。你就是法中两国友谊的桥梁，要将法中两国的友谊发扬光大。"

主人一直以为我们听不懂他们人类说的话，其实他们说的话，我们都听得懂。就如主人一直以为我们不会说话一样，其实我们彼此之间一直都可以交流，从来没有停止过，只是他们人类听不懂或听不见而已。我猜测，在主人眼里，不但我们牛类不会说话，其他动物同样也不会说话，包括马、驴、羊、狗、鸡，甚至涵盖天上飞行的喜鹊、乌鸦与燕子。这就是人类认知的局限。虽然人类在支配着我们，但在某些方面，他们真的不如我们。以对地震的感知为例，母亲曾和我讲过，地震来临时，他们提前就能感知得到，但人类对此毫无反应。母亲还说，不但他们能提前感知得到，在她身旁的猪、狗、羊、鸡、鸟……这些动物同样能感知得到。母亲还说，动物的很多能力，人类根本不具备。如水黾可以爬在水面上而不下沉，猫可以跳到五倍于身体的高度，壁虎可以自断尾巴后重新长出一截，变色龙可以随着环境改变自身的颜色，苍蝇可以倒立着在物体上行走，蜘蛛可以在从高空下坠的瞬间吐出一根丝来保护自己……类似的例子举不胜举。母亲说，她一直不理解，为什么人类会把自己标榜为万物之灵，这些人类到底"灵"在哪里？到底比其他万物高贵在什么地方？

主人的话音刚落，母亲的反应不知比我激烈了多少倍。

"孩子，你可不能去啊！去了就回不来了！那可是另一个国家啊！离咱们有十万八千里！"母亲声嘶力竭地朝我喊着，带着哭腔。

"那该怎么办呢？我现在被他们套上了笼头，想跑也跑不掉啊！"我急切地说着。

"唉，我苦命的孩子啊！"母亲流出眼泪，"你一直不相信妈妈做的那个梦，你看，这回应验了吧?"

我沮丧地低下了头,回想着母亲梦中的那句"终老他乡"。开始对母亲的梦半信半疑。

站在我们身旁的主人和另外三个人还在交谈着,显然他们不知道我们说了些什么,或者他们以为我们根本就没有说什么。我听到他们几个在说"空运""飞机"之类的话,我无心去详听这些,心里一团乱麻。

一直站在我们身旁沉默不语的父亲说话了,"去吧,孩子,每个生命来到这个世界,总是要干点事情的"。父亲的话听起来很有哲理,这是我认识他这么多年来听过的最有哲理的一句话,父亲平时是不怎么说话的。

泪眼婆娑的母亲吃惊地盯着父亲,她可能觉得这不应该是一位合格的父亲说的话。

主人已和那些陌生人谈完了,将他手中的缰绳递给了其中的一人。那人用力一拉,想把我牵走。我开始着急了,身子往后一仰,将脖子绷得直直的，任凭那人怎么使劲，都不能使我移动半步。我不想和父母分别，我还是个孩子，我不能跟他们走。我想以此来拖延时间，拖延与父母离别的时间。

"哎呀，真是头犟牛！有股牛脾气呢！"那人随即做了一个在半空中抽打我的假动作，试图恐吓我以使我让步。我无动于衷。别说是假动作了，就是来个真动作，在我身上抽几鞭子，我也不会移动半步的。我不想离开父母。

就在那人挥舞手臂做出假动作的一刹那，母亲突然冲了出来，朝着那人一头顶了过去。一切都发生得太突然了。那人扔掉缰绳撒腿就跑，其他几人立即作鸟兽散，四散逃去。主人也被眼前的这一幕吓得往后倒退了好几步。我没有想到母亲会做出这样的举动，那阵势，像发了疯一样，简直要去拼命。一瞬间，我明白了什么叫"护犊心切"。这么多年来，这是我第一次见到母亲做出这样的动作。在平日里，母亲都是温文尔雅

的，连发脾气都很少见到。为了保护我，为了不让我受到伤害，她瞬间变成战士。梁启超曾说"妇人弱也，而为母则强"，后来这句话演变成人们耳熟能详的那句——"女本柔弱，为母则刚"。父亲也被母亲的这个行为惊呆了，傻傻地站在那里硬是没有动。这可能也是他们认识这么多年来，母亲首次在他面前展现出另一面。

见拉我缰绳的那人已逃远，母亲没有"宜将剩勇追穷寇"般选择乘胜追击，而是停下来舔舐着我身上的被毛，这是一个母亲对孩子特有的关爱方式。母亲想通过这种方式来安慰我，平复我起伏的情绪。

那几个人见母亲没有追过来，又慢慢向我们靠拢。母亲再次警惕地注视着他们，做出一副随时就要去战斗的姿态。

"我说何必呢？"三人中为首的那人说道，像在对我们说话，"你们要有舍小家为大家的格局。没有国，哪有家？国家既然需要你们，你们就应当义不容辞地站出来。想想那些在战场上为国捐躯的战士们，你们这小小的离别又算得上什么呢？每一个人，包括你们每一头牛，都要有家国情怀和牺牲精神，不能只关注个人得失。"那人说得慷慨激昂且一气呵成，说到最后，嘴角竟泛起两处白沫来，那样子像一位参选地方行政长官的候选人在发表竞选演说，官气十足。我讨厌那人的说话方式，也讨厌他说话的内容，尽管他说的很多东西我压根儿就听不懂，但我知道，他说了这么一大堆空洞且难以理解的东西，目的还是要把我顺利地拉走。但凡要把我拉走的所有言行举止，我都讨厌，无差别的。也许是说得有点累了，或是在琢磨新的台词，稍微缓冲了一会儿后，那人又说道："和你们说也是白说，说了你们也听不懂，真是对牛弹琴！"随即他将原本朝向我们的一副面孔硬生生地转向了另一边，像已失望至极。

　　我和母亲都没有理会他。站在一旁的主人显

得有些为难，两只眼珠转来转去，似乎在琢磨应对我们的新办法。

见我们没有进一步的过激反应，先前拉我缰绳的那人又蹑手蹑脚地从地上将缰绳捡了起来，然后猛地向后发力，想把我拉走。我这才反应过来，刚才为什么不选择逃跑呢？但看看农场的大院，以及关着的农场大门，我又能跑到哪里呢？与其那样，还不如待在母亲身边安全。

我依旧将身子往后一仰，将脖子再次绷得直直的，任凭那人怎么使劲，都不能使我移动半步。母亲见状，再次朝那人冲了过去。那人像吸取了刚才的教训，丢掉缰绳再次撒腿就跑，跑的时候已没有了刚才那般惊慌失措。母亲可能被那人的重复动作所激怒，竟追出很大一截。见母亲离开我身旁，另一人立即捡起地上的缰绳，使劲发力，想趁机把我拉走。我唯一能做的，就是仰后身子，绷直脖子，不让他们拉动我。母亲在追赶那人的过程中，觉察到我这里的情况，立即掉

白牛

转方向，朝我这边冲了过来。刚才还拉缰绳的那人学着前一人的方法扔下缰绳撒腿就跑，母亲在追出一截后，不敢恋战，又调转方向朝我跑了过来……那三个陌生人像商量好了一样，使出车轮战法轮流上场，在躲避母亲冲撞的同时，试图把我拉走。几番下来，母亲已被累得气喘吁吁，两只鼻孔在不停地向外喷着粗气。

"这样硬来终不是个办法。想把你弄走，他们有的是办法。"父亲见状，忙朝着母亲喊道。他可能是怕这几个人轮番上场会把母亲活活累死。

"滚！你个窝囊废！宁肯站着看热闹也不来帮忙！你还是不是孩子的亲生父亲?!"母亲一边喘着粗气，一边朝父亲咆哮道。

"没用的！真的没用的！反抗与挣扎都是徒劳的！他们有的是对付咱们的办法。"父亲像一个软弱的书生，一副逆来顺受的样子。

"滚！懦夫!"母亲发出了简单而粗暴的吼

叫，再不去理睬父亲。

几番交手后，双方形成了对峙。母亲站在我身旁，像一个铁甲护卫。那几个人虎视眈眈地围着我们，伺机反扑。缰绳一头连接着我，另一头奔拉在地上，一副悠闲且置身事外的样子。

"人在江湖，尚且身不由己，更何况咱们这些无法掌控自己命运的牛呢？去了那里，也许并不比这里坏。顺其自然吧，也许一切都是最好的安排。"父亲又低声说道。

母亲没有理会父亲的这番话。她觉得父亲不但懦弱，还迂腐。

父亲的这一番话，再次震惊了我。平日里不怎么说话的父亲，莫非把大把的时间都用在了思考人生，不，思考牛生上了？

"谁都不愿意自己的孩子让别人带走，但你要想开一些，他们真要对付我们，那还不是轻而易举的事吗？"父亲的这句话是说给母亲听的，边说边将头转向了母亲。

　　我尽管觉得父亲的话很有道理，但丝毫没有缴械投降的意思。

　　那几个人低声耳语了几句，我们没有听清他们说了些什么，他们显然也防备我们会听到什么，尽管他们觉得我们根本听不懂他们的语言，但这个防范他们同类的习惯性动作，像肌肉记忆一样，自然而然地呈现出来。

　　三个人突然同时冲了过来，将缰绳分段抓在手中，试图借助三人的合力将我拉走。我依旧纹丝不动地站在那里，将缰绳抻得笔直。如果不是缰绳的长度有限，我想主人也一定会加入帮忙的行列——他站在那里袖手旁观，会显得很不合时宜。"想和我比力气，你们还嫩着点呢。"我心里掠过一丝轻蔑，在焦急、无助与恐慌中挤出来的一丝轻蔑。

　　筋疲力尽的母亲再一次冲了过去，那三个人故技重演，再次松开手四散而去，等母亲返回后，他们又尾随而至……这真是一群活脱脱的无

赖！我心里干着急，却想不出更好的办法来。

在最后一次冲撞与追击后，母亲彻底累倒在地上，无法站立，急促地喘息着。

看着倒下去的母亲，那几个人像看到了胜利的曙光，疯狂地向我冲了过来，三人齐齐抓住缰绳拼命地向后拽着。最搞笑的是，主人居然一个人跑到我身后，双手用力推着我的臀部，四人试图前后发力，将我弄走。我依旧仰后身子，绷直脖子，纹丝不动地站在那里。即便是四个人，也奈何不了我。真是螳臂当车，自不量力，尽管我还只是一头牛犊。

我们再次对峙在那里。

"听你父亲的吧。他说得对。有些事情是我们无法左右的，我们只能顺其自然。刚才我也想过了，也许这就是命。命里注定你是一个不平凡的孩子，你的付出就会比别人多，包括痛苦。"母亲边喘着粗气，边慢慢吞吞地说着。

"我真的不想离开你们。"说完，我"哇"

的一声哭了出来，两行热泪顺着眼角滚落。

"你到那里后，要好好生活，保重身体，我和你父亲很快就会去看你。也许我们往后还会在那里一起生活，我们只是将家整体搬到了另一个国度。"母亲没有接我的话茬，像下了决心要让我走，依旧在慢慢吞吞地说着。

"自古忠孝不能两全。"这是父亲今晚说的最后一次话。这句出自中国古典著作的语句，想必也是父亲从主人播放的电视节目里学到的，他非常恰当地运用在了这里。

听完母亲和父亲的话，我觉得于情于理我都得走了。比起我此刻的心情，我知道，他们不知道比我难受多少倍。他们在强忍悲痛，故作镇定。

看着还在用蛮力使劲拽我的那些陌生人，以及用力推着我臀部的主人，我笑了，笑里带着泪水。我没有理会这些。我向母亲走了过去。那些前拉后推的人们，也随着我身体的移动被动地移动着。母亲艰难地站起来。我看见母亲的四条腿还在打着哆嗦，整个身子都湿透了，像刚刚淋了一场大雨，汗水沿着她的肚子滴滴答答地向下掉着。

我将头靠在母亲的脸颊上，蹭来蹭去，母亲任凭我重复着这一动作。我多么想就这样安安静静地和母亲多待一会儿，哪怕只是一小会儿。但我知道，现实不允许。片刻后，我走到父亲的身旁，父亲会意地把头伸了过来，我们两颗头沉默地顶在一起。

再拖延下去，已没有意义。

我后退了几步，朝着父亲和母亲"扑通"一声跪了下去。没有想到，我们一家人居然以这样的方式分离。

"这头牛居然会下跪！这牛通人性啊！"旁边的一个陌生人惊叫了起来，其他几个人都直直地盯着我，露出惊恐且不可思议的表情，拽着缰绳的几双手都松弛了，拽也不是，不拽也不是。

主人呆呆地望着我，眼里充满了震惊。他可能觉得，尽管他一直饲养着我，但其实根本不了解我，更不知道我是一头那人所说的"通人性"的牛。

在我起身的那一刻，父亲的眼泪汩汩而出，掉在地面上，这是我第一次见父亲流泪。好不容易情绪稍稍平复的母亲，再度哭成了泪牛。

我掉转身子，径直朝那辆停靠在门口的卡车走去。我不敢回头去看，我怕看到父母悲伤的脸庞。

但我听到了身后沉重的叹息声和低微的抽泣声，我知道，父亲和母亲默默地跟在我身后。

沿着一块儿倾斜的铁板，我走进了卡车的车斗。车斗四周是加高加长的铁栅栏。我的两条后腿刚刚迈进车斗，"哐当"一声，铁栅栏的门就被锁上了。他们的动作迅速而麻利，还有一些仓皇，生怕我有反悔的意思。我依旧没有回头。

随即，卡车发动了引擎，向前驶去。我再也

没有忍住，将头扭了回来。我知道，这是我最后一眼看我出生和成长的地方，这也是我最后一眼看我至亲至爱的双亲。如果我错过了这一眼，此生有可能再也没有下一眼。

父亲和母亲一路小跑着追赶卡车，他们笨重的身躯显得非常吃力。"儿啊，保重身体，我们很快就会去看你。"母亲边喘着粗气边向我呼喊。父亲默默地向前跑着，没有说话，像在陪伴着母亲一起奔跑，怕母亲一个人在奔跑的路上孤独。

"回去吧，别追了。"这是我向父母说的最后一句话。话音刚一出口，卡车已把父母甩出很远的距离，我不知道他们听到没有。在我与父母之间，只有车轮带起的滚滚尘埃，无情又无义地阻挡着我们之间的视线。

很快，父母的身影离我已越来越远，逐渐变成了两个小白点，最后连小白点也看不见了。曾经带给我无限快乐的农场，彻底消失在暮色之中。

我的眼泪再次奔涌而出。我仰起头，朝着父母消失的地方，声嘶力竭地发出了在这个即将成为故乡的地方的最后一声吼叫：哞——！

悲怆的声音在旷野里扩散，引来同样悲怆的回声。

天空依旧布满了乌云，黑压压一片，雨终究没有来，那种压迫感却让人无法喘过气来。

我再也见不到父母了。

那一刻，我莫名地想起了英国诗人拜伦的一句诗——"我从未爱过这世界，它对我也一样"，而问题是，我一直深爱着这世界，它为什么这样对我？

八

四十五天的集中隔离是非常漫长的，尤其在异国他乡。

尽管我们一同前来的有五十个小伙伴，但在隔离期内，彼此是不能相见的，大家分别待在各自的圈舍内。

出乎意料的是，在隔离检疫场，我们享受到了很好的食宿和医疗待遇。

我们居住和生活的区域，每天被打扫得干干净净，工作人员定期还要进行清洗和消毒。每一头牛都有专人按时负责喂养。

在我们集中隔离期间，海关检疫人员二十四小时驻场监管。

我对这些都非常满意，这对我烦躁不安的情绪或多或少是一种缓解。

在我们进入隔离检疫场不到七天的时间，样品采集和送检工作就基本完成了。这些采集项目主要包括体温监测、血样采集、实验室检测、健康巡查等内容。

这期间，我们又隔三岔五地做了一些其他名目的检测，并建立了各自的信息档案。最终，根据现场检疫、隔离检疫和实验室检疫等结果，为我们五十头牛全部出具了入境检验检疫合格证明。这些白纸黑字外加红色印章的纸质材料，证明了我们这些活蹦乱跳的动物全部是合格的。这和我当初预判的情况基本一样。这些白纸黑字外加红色印章的纸质材料的出炉，也意味着我们长达四十五天的隔离期到此结束。

五十个小伙伴就此作别，分赴不同的地方。其他三十三个小伙伴去了哪里，我一直没有搞清楚。工作人员当时提到了几个地方，我一转身就

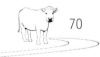

忘记了。在一个不熟悉的国度，一下子记住好几个陌生的地名，对我来说确实是一个考验。我发现，相比于地名，我更喜欢这个国度里的诗词，那一首首意境优美、用字讲究的诗词，虽不能说过目不忘，但也基本很快就记住了。

地名和诗词有着很大的不同，所以一个被归类为地理，另一个被归类于文学。从这里也可以看出，我对地理不怎么感兴趣，不像对文学有些偏爱。

我和其他另外十六个伙伴来到了同一个地方——内蒙古自治区锡林郭勒盟西乌珠穆沁旗。

装载着我们的车子分别驶向几个不同的方向时，我们互相说着"再见"。我们天真地认为，不管大家去了什么地方，终究同在一个中国，既然同在一个国度，见面的机会一定是有的。不承想，此地一别，我们几个不同地方的小伙伴再也没有见过面。有时候，"再见"不是"再次相见"，而是"再也不见"。

白牛

当按照既定的路线奔赴我们最终的目的地时，才感受到了中国的地大物博。

我们十七个小伙伴先从上海去往赤峰。大家统一乘同一列火车。三头公牛犊在同一节车厢，十四头母牛犊在另一节车厢。车厢足够大，我们十四个聚在一起，居然绰绰有余。那三头公牛犊的空间更可想而知了。

我不知道他们为什么要按性别将我们十七个小伙伴分成两拨，莫不是男女授受不亲？人类的思想有时真是难以捉摸。我们见到异性时，最多有点脸红，其他别的想法还真没有。就连见到对方时脸红这件事，我也没有弄明白，总觉得有点莫名其妙，莫名其妙地脸红，莫名其妙地心跳加速。我猜测，这可能多少和我们年龄增长有点关系吧。以前小伙伴们在农场一起玩耍时，才不按什么性别划分呢，大家基本一家子出去，一家子回来。出去后，在农场外的草坪上，几家的小伙伴遇到一块儿时，自然而然地就玩在了一起，管

什么性别男还是性别女呢？压根儿就没有那个意识，大家玩得开心就得了。当然了，那时我们还小，除了吃、喝、睡，只知道玩儿，其他的事情真还不太清楚。那时，和异性在一起玩儿时，是真玩儿，是纯友谊的玩儿，是像哥们儿一样玩儿。被他们刻意按性别分开后，感觉突然间大家的性别意识增强了。再去想另一节车厢里的三位小伙伴时，脸又莫名其妙地红了起来，真奇怪！

到达赤峰时，已是七天后了。我们从火车下来后，又换乘了解放牌汽车。每辆汽车上有两位小伙伴，一共用了九辆汽车。伴随着一路尘土，车队向西乌珠穆沁旗方向驶去。

从朝阳在云雾中冉冉升起，到晚霞铺满了天际，大家终于到达了目的地——国营达青宝拉格牧场。一路上，除去我们所乘的九辆汽车，仅来接送我们的饲养、医护、司乘等人员加起来就有数十人，整个阵容浩浩荡荡，十分壮观。

多年以后，我才知道，当时到上海接送我们

的人员，无论是场领导，还是医护人员和牧工，都是从平时在工作中兢兢业业、责任心强的人员里精挑细选出来的，很多是畜牧业战线上的劳模。这里面既有市级劳模，也有省级劳模，经过层层筛选，由场党委研究确定最终人选。牧场对我们的重视程度，可想而知。

也是在多年以后，我在《锡林郭勒盟志·家畜改良志》一书中，看到一段关于当年我们到来时的文字记载："10月30日，锡盟从法国引入17头夏洛来牛，其中公牛3头，母牛14头，饲养于西乌珠穆沁旗达青牧场。"上面没有提到年份，应当是1973年。"锡盟"应当是锡林郭勒盟的简称。"达青牧场"的全称应当为国营达青宝拉格牧场。这里面用的是"来"字，现在都已改用"莱"字了。音译这东西，居然也随着时间的变化在赶时髦，"莱"字似乎更有洋味。

尽管一路上舟车劳顿，但沿途的风景在很大

程度上抚慰着我连日来闷闷不乐的心情。

这是我第一次长时间、近距离欣赏草原风光。

行走在辽阔的草原上，闻着只有草原才有的草香味道，顿时有一种心旷神怡、豁然开朗的感觉，情不自禁地就想放歌一曲。可惜我没有一丁点音乐细胞，放歌一曲只能想想而已，无法付诸实际。成语"对牛弹琴"就非常形象地指出了我这方面的缺陷。如果我真的放开喉咙高歌一曲的话，传到别人耳朵里的，也只能是"哞——哞——"的叫声，在他们听来，这充其量叫噪声，无关音乐。但说我没有音乐细胞，可能更多的是指我不会唱歌，实际上我很会欣赏音乐，哪一首歌曲好听，哪一首歌曲不好听，我一听便知。亲自唱一首歌曲与欣赏歌曲，是两个概念，不能混为一谈。就如有些人根本写不了文章，但很会欣赏文章，而且一篇文章里存在哪些问题，一眼就可以发现，但如果让其写一篇文章的话，可能连语句都未必通顺，更别说语法与结构了。

如果说身临大海能让人心胸开阔，那么置身草原会让人胸襟豁达。

草原，就是那种只要你看上一眼，就终生不会忘记的地方。

草原上的天那么蓝，草原上的云那么白，就连草原与天空的距离都那么近。那云就在你头顶不远处的地方游走，一会儿走到你的正上方，一会儿又超过了你，在你前方不远的地方等着你。不知是与生俱来的，还是后天培养的，看着天空的色调、太阳的光线以及云朵的形状和颜色，闻着空气中的味道，我就可以知悉当下处于哪个季节，无须翻阅日历。就如我一进入草原，凭借眼与鼻，我就感知到了秋季的味道。

草原上的河流那么清澈，可以清晰地看到河底的泥土、石子和水草。远远望去，散落在草原上的羊群，宛如草丛中镶嵌着的朵朵白花。这不就是南北朝时期民歌"天苍苍，野茫茫，风吹

草低见牛羊"的场景吗？再看那草原上翱翔的雄鹰，其展翅的姿势那么优美而安详，盘旋、滑翔、俯冲，三个动作一气呵成。最惊喜的是，在道路的旁边，居然发现了两只胖乎乎的土拨鼠，两个小家伙并排站着，双手放于胸前，无一丝怯意地望着我们，憨态可掬。

草原啊，真是太神奇了！

美中不足的是，我们到来时已属秋季，草原上原本嫩绿的青草已经发黄，一望无际的绿色没有看到，但从发黄的草色上可以遥想它嫩绿时的盛况。就如一位雍容华贵的妇人，即便岁月已夺去其青春时的容颜，但依旧无法抹尽其芳华时留下的印迹。

九

我们的到来，成为国营达青宝拉格牧场的头号新闻。

车队刚一驶进牧场的范围，路上三三两两的人们就陆续出现了，他们显然提前知道了我们要来的消息。人们边回头瞅我们，边朝牧场的方向走去。汽车的速度尽管并不算太快，但毕竟是四个轮子的机动车，很快就追上了行走的人群。人们伸长脖子、踮起脚朝车斗里的我们望着，眼神里满是好奇。几个顽皮的小朋友跟在车子的后面奔跑着，试图一路追逐到牧场。车轮带起的足以让人灰头土脸的尘埃，丝毫没有影响到那一颗颗对世界充满好奇与探求精神的童心。

十几分钟后，车队开进了牧场的大院。

我们陆续从车里下来后，院子四周已站满了围观的人群。

"哇，大白牛!"

"好大的白牛!"

"这就是周恩来总理送来的牛?"

"体形居然这么大!"

"这些牛的毛色也太白了吧? 简直就是纯白色!"

"这些牛长得也太漂亮了吧!"

"总理送来的牛就是好!"

……

"那是 1973 年 10 月末的一天，轰隆隆的汽车声将我吸引到门外，只见 10 多辆解放牌汽车在距离我家 20 多米的地方停了下来。不一会儿，10 多头高大健壮的白牛从车上下来了。当时觉得太震撼了，这世上竟然还有这么强壮的牛!"五十年后，一位居住在牧场附近的居民在接受新闻媒体采访时，回忆了当年初见我们时的情形。他说，五十年过去了，对当时的场景记忆犹新。

围观的人群像在看西洋镜里的图画，用一双双仿佛具备了透视和红外功能的眼睛在扫描着我们，从上打量到下，从前观察到后，在啧啧称奇之余，七嘴八舌地点评着我们身上每一个引起他们注意的细节。"白牛"无疑成为现场出现频率最高的词。听着此起彼伏的"白牛"声，我想起了唐代诗人司空图的两句诗："两岸芦花正萧飒，渚烟深处白牛归。"当时我们没太注意，正是这个当日被频繁提及的词，日后成了我们的乳名。其大范围、长时间地被使用，将我们的学名"夏洛莱牛"几近湮没，只有在正式的官方表述中才会偶尔被提及。一落地就获得了一个乳名，还是一个被旷日持久使用的乳名，确实是一件很有意思的事情。围观人群的评头论足，让我们多少有点不好意思。时间一久，我感觉脸有点发烫，赶紧将头低了下去，不敢去望那院外密集的人群。耳朵里传来的，依旧是人们连绵不绝的谈论声。足足围观了一个多小时，人群才陆陆续续散开了。很多人身子虽然在离开牧场，心却像还在这里停留着，一步一回头，恋恋不舍。

由于获知我们要来这里的消息较晚，没有给牧场留下足够的建设新圈舍的时间。作为应急措施，牧场将存放面粉的仓库临时腾了出来，作为我们十四头母牛犊的圈舍。仓库里本来存放着很多重要的东西，但在他们心目中，我们比这些还要重要好多倍，它们只能让位于我们。里面的东西被悉数搬了出来。另外三头公牛犊被安排在牧场一处木匠铺内。两处圈舍被打扫得干干净净，一尘不染。

吃过在牧场里的第一顿晚餐，夜幕已经降临。这时，突然感觉到了天气的寒冷。尽管这里与法国的夏洛莱地区同处一个纬度，但两地的温差是非常大的。才阳历十月末，这里却像已进入寒冷的冬季，这是我没有想到的。按惯例，此时的夏洛莱地区依旧在艳阳高照的暖秋庇护中。天南地北，差异悬殊，始知世界之浩瀚。这让我想起了《庄子·秋水》中的几句话，"井蛙不可以语于海者，拘于虚也；夏虫不可以语于冰者，笃于时也；曲士不可以语于道者，束于教也。"世界上的很多事情，不能只去怪怨井蛙，也不能只去怪怨夏虫，还不能只去怪怨曲士，是客观条件限制了它们的思维和认知。这就像人们经常说的一句话：贫穷限制了想象力。如果不是亲身体验，如果有牛和我说十月末的时候已经寒冷如冬，我会和他从黄昏一直抬杠到黎明。

让我们安全过冬，成了牧场面临的头等大事。

几经考虑后，场里想出了一个办法——在我们的圈舍内生火炉。

入住当天，在我们两拨牛犊各自所待的圈舍里，伴随着数缕青烟，几个火炉被同时点燃了。炉内熊熊燃烧的炭块儿，将屋内的温度渐次提

高，直到像沐浴在温暖如春的阳光里。一直到第二年天气彻底转暖，炉膛内最后一丝火焰才熄灭。火炉终于得以进入"夏眠"时刻。

与点燃火炉同步的是，入住当晚，牧场的工作人员就分别为我们编了号。面对这支年龄相仿、数量可观、在他们眼里模样基本一致的牛犊队伍，他们担心会把我们弄混淆。我们每头牛犊的耳朵上被固定了一个标签，我是 2 号，其他十三位小伙伴依次被编为 4 号、6 号、8 号、10 号、12 号、14 号、16 号、18 号、20 号、22 号、24 号、26 号、28 号，那三头公牛犊则分别被编为 1 号、3 号和 5 号。

看着这些编号，我发现了一个问题：雌性的编号全是偶数，雄性的编号全是奇数。他们继续按性别在给我们排列奇偶，这也再次佐证了在人类的大脑里，性别意识是异常强烈的。我感觉我都能猜测得到，当他们看到自己一个同类迎面走过来时，他们的第一反应就是——"过来一个男人"或者是"过来一个女人",而不是其他。果不其然,九个月后,等我们的下一代出生时,他们依旧按照雄性奇数、雌性偶数的方法将号码编了下去。

人类真是一个奇怪的群体!

这是我们在长期居住地休息的第一个晚上。望着圈舍外纯净而深邃的草原夜空,我想起了远在法国的父母。多日没见,不知道此时的他们正在干什么?父亲是不是还在唉声叹气,母亲是不是又在以泪洗面?那一刻,我想起了纳兰性德的《长相思》:"山一程,水一程,身向榆关那畔行。夜深千帐灯。风一更,雪一更,聒碎乡心梦不成。故园无此声。"

十

比起在法国时的起居，在这里，我们俨然过着帝王般的生活。

小时候，一直以为过去的帝王吃穿住用行都是顶呱呱的，后来才了解到，鉴于工业、科技、交通、服务、娱乐等领域发展的滞后，帝王的生活并不是我们想象中的那样，如果用现在的生活条件作参照，他们的生活其实蛮"可怜"的。你看他们住的地方，也就是平房里放置了一张木床，住二楼的都少，别说高层了，更别说乘坐电梯了……室内条件也一般，上厕所没有马桶，照明没有电灯，饮用水不是检测后各项指标均达标的自来水，做饭没有天然气和电，炒菜没有抽油烟机，洗澡没有浴霸、花洒，热的时候没有空调，冷的时候没有暖宝宝、电暖器和集中供热，睡的时候也没有席梦思床……国外进口的食品很少能吃上，由于交通不便，国内的一些新鲜水果和蔬菜也不能第一时间享用，没有冰箱和冰柜，时间一长食物就容易变质……没坐过飞机、高铁、舰艇、汽车、摩托车，最多也就乘坐一辆马车，或者几个人抬着的一顶轿子……皮鞋、运动鞋、雨鞋也没有穿过，夏天时没打过雨伞，冬天时没穿过羽绒服……没看过电影，没看过电视，没去过迪士尼……没用过固定电话，没用过手机，没用过电脑，没上过网，没拍过彩色照片，没录制过视频……生病的时候，不能拍 CT，不能做核磁，不能打针，不能输液，不能搭支架……没见过坦克，没见过导弹，没见过航空母舰……没见过卫星云图，不知道人工降雨……就连他们最为关注的安保问题，也只能靠人力来巡逻，更别说视频监控了。当有案件发生时，全靠

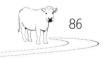

办案人员的办案手段和逻辑推理，如"元芳，你怎么看？""大人，此事必有蹊跷"。冤假错案与陈年积案数量之多，也就可想而知了。"天网恢恢，疏而不漏"对他们来说，只是一种用于吓唬、恐吓、威慑胆小者不要"轻举妄动"的虚假造势手段。

当然，凡事都应当一分为二地去看待。与我们比起来，尽管帝王的生活有着诸多"不足"，但在四个方面，帝王比我们绰绰"有余"。他们拥有的地产特别多，多到什么程度呢？多到"普天之下，莫非王土"。他们拥有的年轻漂亮的女人特别多，多到什么程度呢？多到"三宫六院，七十二妃"。他们手中的权力特别大，大到什么程度呢？他人的生杀大权掌控在帝王手中，"君要臣死，臣不得不死"。他们管理的员工特别多，多到什么程度呢？多到"率土之滨，莫非王臣"。

我说我们俨然过着帝王般的生活，主要是和

帝王们的"不足"部分对比的。以己之长，显人之短，是某些人类常用的做法，我们牛类有时也会效仿一下，但也不能说我们的这种行为就是近墨者黑。毕竟我们经常和他们在一起，时间一久，耳濡目染自然而然地就会学到一些东西。学到的这些东西里面，有些可能是精华，有些可能是糟粕。

优越的伙食条件是我们"帝王般生活"诸多方面的一个侧影。比如，在平常的青草饲料外，我们居然吃上了精饲料。而那几头公牛更牛，除精饲料之外，竟然吃上了鸡蛋、喝上了牛奶，这是我从来没有想过更没有听说过的事情。而这些，是1号第一次和我聊天时提到的。

十一

我是在一次集体饮水时与 1 号相遇的。

在牧场生活了一段时间后，我发现场里对我们十七头牛在一起集体吃草、饮水时，似乎有着严格的防范。像是我们待在一起就会发生什么事情似的，但同性除外。也就是说，我们十四头母牛可以随意待在一起，那三头公牛也可以随意待在一起，但我们和他们不能随意待在一起，只是偶尔会待在一起。十四头母牛中的谁可以偶尔和他们三头公牛待在一起，以及可以待几天，场里似乎进行了严格的掐算。莫不是怕我们全部待在一起时，牛多势众，会发生集体"越狱"事件？还是怕我们全部待在一起时，要密谋"暴动"？

我一度对此困惑不解。

在两个牧工的一次对话中，我知晓了事情的原委。原来，我们一到牧场，场里就给每一头牛建立了一份详细的档案，档案里就包括了每一头母牛的发情时间、配种日期等。母牛在发情期间是不能与公牛相见的。

"我怎么看你这么面熟？感觉我们在哪里见过面。"第一次近距离见到我时，站在饮水槽旁边的1号一副惊讶的样子。

"是吗？"我微笑着瞅了瞅他。这么老套的搭讪手段，现在居然还有牛在使用。我心里觉得有些好笑。

"咱们肯定见过面。"1号一副要竭力回忆起在什么时候什么地点见过我的表情。

我觉得他挺有意思，一个虚假的老套的桥段非要表演得像真的一样。

随后的谈话便非常自然地展开了，感觉我们之间真的像见过面的熟牛一样，毫无陌生感。看

来，一些过渡式的陈述有时候还真的能起作用，尽管陈述的内容未必是真实的。过程很重要。

"以目前这里的生活条件看，在吃鸡蛋和喝牛奶这件事上，即便是牧场里的员工也未必能赶得上咱们。"在聊了一会儿后，1号说起了我们的伙食。

"你们还能吃上鸡蛋、喝上牛奶？"我非常惊讶地望着1号，他们三头公牛居然能享受到这样的伙食待遇。我还不知道鸡蛋什么味道，吃到嘴里什么感觉。至于牛奶，小时候吃过妈妈的母乳，但长大后就忘记了母乳的味道。我想这个问题不应只有我自己存在，谁还能记住刚出生时吃过的母乳的味道呢？

"你们没有？"1号也有些惊讶。

"我们没有。"

"哦。"他沉思了一会儿，"我是在一次他们给我们投递饲料时，听他们说起这个的。"1号又说道。他说，前段日子，一个牧工对另一个牧

白牛

工说："这些牛的伙食真不错啊，居然能吃上鸡蛋、喝上牛奶，咱们的伙食里也没有鸡蛋和牛奶啊！"另一人回道："咱们能和这些牛比吗？人家是'国礼'，国宝级的，咱们能一样吗？"那人立即不再作声。

"那位牧工可能也意识到，面对我们的特殊身份和我们履行的特殊使命，确实'人不如牛'，至少在吃鸡蛋和喝牛奶这件事上。"1号补充道。他和我讲述这些时，虽然语气平和且缓慢，但能感觉到有一种自豪的成分在里面。

十二

　　虽然我们比那三头公牛少了鸡蛋和牛奶这两样东西，但在专家给我们定制的科学套餐里，其他东西一样不少。为了防止那几头公牛吃得太多影响身体健康和繁衍下一代，牧场还不敢放开量给他们吃。就拿每天的青草数量来说吧，我们是不限量的，他们则是进食十五公斤到二十公斤的量。在精饲料搭配方面，他们是每天三公斤到四公斤的量，我们是二公斤到三公斤的量。精饲料里包括了燕麦、麦麸、莜麦、豆粕、胡萝卜、小米等，种类相当丰富了。无论是青草还是精饲料，这些进食的数字都不是固定不变的，整个过程都是动态的。那几头公牛吃得太饱后，如果

"草包肚"太大的话，就会无法正常爬跨。我们在发情配种时，七八成的膘情正合适。给那几头公牛增加精饲料，是在采精期。给我们增加精饲料，是在怀孕期。当然，这些都是我后来才知道的。就如一些很专业的词汇——"草包肚""爬跨"等。

一头牛青草吃得太多时，肚子就会变大，"草包肚"由此而来。人类嘴中称呼自己的"啤酒肚""将军肚"，我觉得和我们说的"草包肚"有异曲同工的地方，都因为吃得太多，将肚子撑成了圆形。经常锻炼腹部的人，肚子上是八块腹肌或四块腹肌，而那些呈现出"啤酒肚"或"将军肚"的人，肚子上却只有一块"腹肌"——又大、又圆、又软，像一摊放置在案板上的面团。

说起"草包肚"，让我联想到了"草包"。"草包"这个词，现在多用来形容一个人很无能，比如"这点儿事都办不了，真是草包一个！"。

等来到这里后，我觉得"草包"这个词是来源于生活的，只不过后来发生了词义转移。比如"走"字，最早的意思是"跑"，现代的意思是"行走"。又比如"权"字，最早的意思指"秤锤"，现在指"权力"或"权利"等。

秋天打草后，人们会把草用绳子捆起来，一个个重达四五百斤的圆形或方形的东西就诞生了。我觉得这个东西称作"草包"最合适不过了，既形象又贴切。如果它不叫"草包"，又何来的"草包肚"一说？同样是这个东西，很多地方的叫法却不一致，有叫"草捆"的，有叫"圆包草"的，有叫"大圆捆草"的，有叫"大圆包"的……综合下来，我还是觉得叫"草包"更合适。我说的是"草包"的原始语义，不包含其引申义。

为了让那些公牛能顺利实现爬跨，牧场密切关注着他们"草包肚"的发展态势，并随时准备予以调控。

"爬跨"一词的具体意思我也是在后来才知晓的。爬跨是哺乳动物中雄性动物谋求与雌性动物交配的一种行为。具体到牧场，通俗地讲，就是公牛抬起两条前腿从后面爬到母牛的胯上，试图交配。

生活就像一所大学，活得久了，见识得多了，很多东西或知识，自然就知道了。

除了吃好、喝好外，牧场还会让我们保持一定的运动量，以提升我们的身体素质。在气温相对适宜的时候，他们会让公牛每天套上车做一次负重运动，车上拉着二百公斤重的大石条，时间是一个半小时左右，里程为五到八公里。我们这些母牛每天早上十点多被送出去，下午两点多再被接回来，以保证自然运动的时长。为了防止我们上火，不分性别，每天饮水两次。

最让我们感动的是，牧场设专人对我们进行点对点的照顾。每头公牛由两名工作人员分白班和夜班进行轮流照看，每头母牛由四名工作人员负责。等到后来我们生牛犊时，照顾我们的人员随即也增加了。

刚到这里时，牧场规定，夜班人员不能睡觉，必须全时段为我们提供服务。当看到我们要撒尿时，他们会拎着胶皮制作的桶跑过来为我们接尿。如果接得不及时我们尿到了地面上，他们会立即将尿湿的土用铁锹挖出去，再用干净的土垫上。我们刚拉完一坨牛粪，他们会立即用铁锹铲走。第二天，牧工还会对所有的圈舍进行整体清理。一番操作下来，整个圈舍始终都处在干干净净的状态中。

因担心我们的肚子卧下去时会着凉，圈舍都不敢垫砖，全部是土地面。也是在这个时候，我从牧工口中听到了关于我们的一句谚语："牛怕肚底冰，马怕满天星。"意思是说，牛最怕肚子下面受凉，马在晚上时需要保护好背部。所以牛卧的地方，温度不能太低，还不能潮湿；马待的地方，上面一定不能是露天的，至少要盖一个顶棚，即不能抬头看到星星。世事洞明皆学问。

事后我才知道，给我们服务的这些牧场工作人员，包括医护人员和牧工，都是国营牧场的正式职工，都是在牧场里挣工资的，不是兼职的社员。几十年后，网上流传着一句话——"宇宙的尽头是编制"，而当年给我们服务的恰恰是这些带着"编制"的人员，试想，我们享受到的是一种什么样的待遇呢？

有时，我们也会"连累"这些"宇宙的尽头"的人。尽管我们是承载着法中两国友谊的使命来到这里的（此处引用一下农场主人的话），在牧场人眼里，我们是"总理的牛"或者是"周恩来总理送的牛"或者是"国家送来的牛"或者是"国家的牛"，但我们终归是牛，牛的习性不会因这些光环而有丝毫改变。我们有一个比较明显的特点，就是不太讲究卫生。之所以说"不太讲究"，主要是和猫或兔子这些讲卫生

的动物来比较的。

你看那猫，"干净"得不得了。没事时，就会用那两只灵巧的爪子来回清洗那张并不宽广的脸，一天甚至能洗好几次。除了勤于洗脸，猫在拉屎后，居然还会用爪子不停地刨土，刨得灰尘飞扬，来掩埋那坨体积并不庞大的屎。真是矫情！

还有那兔子。据说兔子的智商只相当于人类三岁的小孩儿，但也是非常爱干净的，没事时会站立起来清洗那张愈发浓缩的脸，就连洗脸的动作都和猫非常相像，从上到下，由外到内，感觉把那张微型小脸揉搓得快要起皮似的。除了洗脸，兔子还会把挺立在头顶之上那双修长的耳朵旋转一百八十度后清洗一番。这些都不算什么，兔子居然会固定一个地方撒尿，感觉把那个固定撒尿的地方当作了厕所。没有对比，就没有伤害。这厮，这不是成心打我们的脸吗？

比起上面那两类，我们在讲卫生方面确实逊

色了一些。有时候我们会直接卧到尿上，有时候也会将一坨粪便压在身下。倒不是我们故意和这些屎或尿过不去，只是平时不太注意这些，毕竟我们身上有一层厚厚的牛皮呢。那些屎或尿对我们构不成任何威胁，顶多看上去脏了一点。当然了，如果这些东西在身上待的时间久了，或多或少也是会有一些味道的。我们在这方面的一些无意之举，有时会让那些牧工挨训。当牧场的领导以不发通知、不打招呼、不听汇报、不用陪同接待、直奔基层、直插现场的方式突然来到我们的圈舍时，印在我们白色身上的那摊黄色污渍格外显眼地就被发现了。"嘿，白牛怎么成了黄牛了？赶紧洗刷！"领导瞪着值班的牧工，一副怒容。其实，这些牧工一天会给我们洗刷好几遍呢。特别是那些公牛，洗刷的次数比我们还要多。1号曾和我说过，牧工一天会给他们洗刷三遍。正是因为牧工的频繁洗刷，我们的被毛在太阳的照射下，会反射出耀眼的光芒。这一点都不夸张。看着被训的牧工，我们心里也很不是滋味。想过去安慰他们几句，又一时语塞，关键即便我们对他们说些什么，他们也听不见或者听不懂。我们只能暗下决心，以后一定要注意，再卧的时候一定要看看下面有没有屎或尿，但真卧下去的时候，一个不留心，有时又会将这些东西压在身下。后来，我终于想明白了，也许不是我们不讲卫生，而是我们的体形太大了，有些东西压根儿就注意不到，它们处在我们的视野盲区。

　　成语"尾大不掉"的原始语义，可能和我们这个动作多少有点类似。

十三

在那个青春洋溢的年龄段，一切都透着活力、轻狂，甚而轻浮。

一次，我经过那三头公牛的圈舍时，听到了他们之间一段短暂的对话。

"配种就配种呗，何必这么客气？还加什么精饲料呢？其实这都是我们应该做的。我们年富力强，精力充沛，为繁衍后代做点贡献是最正常不过的事情了，平时我们也难得有这样的机会。再说了，这也是我们为社会发展应尽的一点义务。"一头牛像在感慨地说道。

另一头牛接茬儿道："我觉得也是，其实没必要给我们开小灶。咱们闲着也是闲着，何不最大化地发挥自身价值?"

"玩笑归玩笑。保证精液的质量是很有必要的,这就需要我们有一个强健的身体,毕竟我们担负着繁衍下一代的使命。"这是 1 号的声音,我立马分辨了出来。

"这个使命好,既能吃上好的,又能让身子快活,这样的使命我愿意一直担负下去,直到死去的那一刻。不是有句诗叫'春蚕到死丝方尽,蜡炬成灰泪始干'吗?我也想这样。"前面说话的那头公牛边说边笑,笑声里满是猥琐。

"是呢,是呢,我也是这么认为的,为了完成这项神圣而伟大的使命,我愿意奉献终生。如果鸡蛋和牛奶实在太贵的话,不给我吃喝都行呢。我这身体倍儿棒,扛下这艰巨的任务是没有一点问题的。"后面说话的那头公牛附和道,附和的声调里尽是轻浮。

我没有听到 1 号接着说话,似乎他也感觉到这两个家伙在故意捣乱。

我正要离开，1号已溜溜达达走出了圈舍。刚一出来，他就看到了我。躲开已来不及了，我只好站在那里朝他笑了笑。他径直走了过来。

"讨论得挺热火朝天嘛！"我笑道。

"那两个小子没一点正经。"1号有些不好意思。

"都很年轻，开几句玩笑，正常嘛。"我微笑道。

"那倒是。"1号也笑了笑，"你这是要去哪里？"

"出来随便走走。"

"我正好也想走走，那咱们一起？"

我点了点头。

我们并肩朝外面走去。

……

事后我了解到，和那几头公牛"交配"的根本不是母牛，而是一头犍牛，即阉割过的公牛。在牧场，这样的犍牛有一个专业的名称——

台牛。回过头来再看，那几头公牛关于配种与繁衍下一代的那场热烈而又轻浮的讨论，显得滑稽且远离现实。

为了达到以假乱真的效果，牧场工作人员特意选择了一头被毛与我们非常接近的犍牛，作为台牛。在正式采精时，育种员手持一个由外壳、内胎和集精杯三部分组成的假阴道站在犍牛的臀部旁边。当公牛起步爬跨时，育种员顺势将其阴茎导入假阴道，随着公牛的身体奋力向前一冲，即完成一次射精。取下集精杯，立即送入冷冻实验室，这就进入下一个环节——冷冻精液。比起采精，冷冻精液的科技含量就更高了。将采好的精液拿到实验室后，工作人员要按一定的比例进行科学稀释，里面还要添加各种营养成分，以提高精子的质量。最后将配制好的精液放到液氮罐里冷冻。冷冻好的精液，锡林郭勒盟冷冻站的工作人员会过来取走。

也是在后来我才了解到，在采精期间，考虑

到公牛射精的频率有点高，牧场在这段时间内给他们增加了精饲料，以确保他们体况健康。这些精饲料里面，就加入了鸡蛋和牛奶。

与台牛交配，是牧场里的一个秘密，那几头公牛一直都被蒙在鼓里。尽管后来我在无意中知晓了这个秘密，但始终没有和任何牛说起过。知道真相后，对那几头年轻的公牛可能是一个不小的打击。我想，牧场这样做，是为了提高精子的利用率，达到优生优育的目的，出发点是好的，但过程带有欺骗性。每想到此事，我就会想起离开农场时，那个陌生人说的那番话："每一个人，包括你们每一头牛，都要有家国情怀和牺牲精神，不能只关注个人得失。"当时，那人说这番话时，一来我根本听不懂他说的这些宏大的东西是什么意思，二来我看他那语气和神态像参选地方行政长官的候选人在发表竞选演说，官气十足，让我非常反感，他说的这番话统统被我当作了耳旁风——从耳边轻轻飘过，连左耳进、右耳

出的效果都没有达到。然而时过境迁，再去回想这番话，觉得还是有一定道理的，尽管我依旧不怎么喜欢那个人，包括当时在场的其他几个人，我都不喜欢。但不喜欢归不喜欢，有时候，一个人的一句话有可能影响你一辈子，不管这个人是陌生人，还是熟人。

在我们到来之前，别说是西乌珠穆沁旗，就是锡林郭勒盟也没有冻精和冷配技术。我们的到来，让这些先进的技术在这个并不发达的地方提前落地了。

"好的品种进来后，先进的技术就会运用到畜牧业发展当中。"这是牧场里人们经常感叹的一句话。

听到他们表扬我们是好品种，我心里很舒服。看来，大家的眼睛是雪亮的，知道我们是好品种。这还说明一个问题，在这个世界上，大家都喜欢听夸奖自己的话，包括我们牛类。

十四

若干年后，在当地政府的一个展厅内，陈列着当年牧场的一些资料，里面有很多当时的照片，有些已经卷曲发黄。在这些照片里，我居然找寻到当年我们的圈舍，还有我们一起前来的十七个小伙伴中的部分身影，以及当年牧场里的一些领导、牧工和医护人员。与那些照片共同陈列的，还有两封当年牧场职工写给别人的信件，两封信系同一人所写，且写给了同一个人。这两封信虽然属于私人信件，但信中谈论的内容基本是牧场当时的生产情况，涉及私人之事甚少，于是作为当时牧场发展的佐证资料被一并展示了出来。当然，这些想必已征求了本人的同意。

我是在当地电视台播出的一期节目中看到这些的。当镜头长时间停留在信件的同时，主持人完完整整地朗读了两封信的全部内容。

其中一封是这样写的：

×××：

来信已收悉。这几天场里较忙，迟复为歉。先和你分享一件大喜事吧，如果我不揭晓答案，恐怕你猜上一年也未必能猜得出来。好啦，我就不卖关子了，还是直接说事吧。

这几天，我们国营达青宝拉格牧场上上下下都沉浸在欢乐的海洋中，仿佛空气里都飘荡着喜庆的因子。从场领导到员工，大家脸上都是幸福与自豪的笑容。那笑容是发自肺腑的、毫不掩饰的、朴素而真诚的，没有一丝做作。

你知道这是为什么吗？好啦，我还是直

说吧。就在几天前，周恩来总理给我们牧场写了一封信。要知道，那可是周恩来总理亲笔写的信啊！总理在信中说，他在法国勤工俭学的时候，看到当地有一种又白又大的牛，非常漂亮。这种牛的肉也非常好吃。当时他就有一个心愿，希望我们的中国人也能吃到这么好的牛肉。总理在信中说，现在这个品种的牛已经来到你们西乌珠穆沁旗达青宝拉格牧场，希望当地政府和牧民精心饲养，大力发展，为当地畜牧业做出贡献。

总理日理万机，还抽出宝贵的时间给我们写信，你想，总理对我们事业的发展多么关心啊！

说来也巧，那封信本来是写给我们牧场的，但不知什么原因，信没有到达我们牧场，而是到了与我们旗相邻的另一个旗的一个牧场。这对我们来说，多少有点遗憾。

尽管这封信没有直接到达我们牧场，但

总理的谆谆嘱托和殷切期望已完完整整地传达到了我们场里。总理的这封信极大地鼓舞了场里的士气，全场上下突然觉得有一股使不完的劲儿，像被一种无形的力量加持了一样。你不在我们场里，无法感受到那种氛围的强烈。那种强烈是用语言无法来表达的，只有场里的人们才能真正体会得到。

作为连锁反应，场里的人们现在已经开始主动钻研更加科学专业的饲养技术，准备为当地畜牧业的发展提供更加专业的技术支撑和服务。

总理的这封信，瞬间就成为牧场里的爆炸性新闻，将平静的牧场引向了沸腾，也让牧场一下子热闹了起来。除了平时常驻牧场的锡林郭勒盟、内蒙古自治区畜牧研究所的专家教授，一批批全国各地的到访者也纷纷赶来，有进行学术交流的，有学习观摩的，还有打算引进纯种夏洛莱牛提前过来取经的……

对了，上次你说要来草原看看，却因种种原因一直没有成行。这次你一定要来这里看看，这几天正是草原水草茂盛的时候，是观赏草原的最好季节。当然了，看草原时一定不能错过参观牧场，到时候我给你作免费向导。

好啦，先聊到这里。期待早日成行，见面详谈为盼。

顺祝安康。

×××

1974 年×月×日

听完第一封信的内容，我终于把当年的情况前后串联了起来。但我们当时并不清楚，牧场一下子热闹了起来，居然是因为周恩来总理的这封信。

我们这群夏洛莱牛自从来到达青宝拉格牧场

后，就一直备受各方关注。周恩来总理这封信的到来，让我们在原本已备受关注的情况下，再一次受到了更多的关注。就如我刚才所说，当时的我们并不知晓其中的缘由。包括牧场领导在内，他们没事时就会来到我们的圈舍，看看这，看看那，检查检查这，检查检查那，生怕哪里有一丁点的不合适。我没有去过四川，不知道被称为中国"国宝"的大熊猫享受到的是什么待遇，但凭直觉和想象，我们受到的礼遇和照顾，应当丝毫不比"国宝"大熊猫差，甚至有过之而无不及。当然，这是我根据自己的情况作出的一个大胆猜测。我想，我的猜测应当是不会错的。大熊猫是"国宝"级的，我们是"国礼"级的，大家都属于"国"字辈，应当属于同一个层次，差别不会太大。我终究是一头有着浪漫情调、想象力丰富的牛。莫非这也和我们法国的浪漫传统有关？

　　第二封信和第一封信在内容上居然有连贯

白牛

性，尽管中间间隔了十八年。第二封像是对第一封信内容的补充。

××× :

你给我邮寄的那本书已经读完，非常好的一本书，我从书中学到了很多东西，在此表示特别的感谢。

这次，我想和你分享另一件事。你还记得好多年前我和你说过的周恩来总理给我们牧场写信的那件事吗？当时，因没有见到周恩来总理信件的原件，全场上下都觉得有些小小的遗憾，但奇迹居然发生了。就在前几天，我们场里的一位领导竟然看到了总理那封信的复印件！你说巧不巧？

据场里的领导介绍，总理的那封信写于1974年，一共一页半，他一口气读了好几遍，里面的内容基本能背诵下来了。领导说，总理的字遒劲、奔放、飘逸、洒脱，透过那些字迹，能感受到当年总理对牧场的那份殷殷期盼。

事实也是这样，总理的那份期盼从始至终一直激励着牧场上下为纯种夏洛莱牛的繁衍和对本地牛的改良工作奋力拼搏。

当然了，就像我上次说过的一样，不在牧场工作的人是无法体会到那种感受和氛围的。

好啦，就先聊到这里吧，说着说着就成了完全聊工作上的事情了。下次多谈点生活方面的事情。

顺祝安康。

×××

1992 年×月×日

看完这档节目，我开始思考一个问题——我们与牧场之间到底是一种什么样的关系？思考了一个晚上，也没有理出个头绪来。但这个问题就像一粒种子，从此在我的脑海里落地生根，成为我为数不多经常思考的问题之一，考验着我并不聪慧的大脑。

十五

为我们十七个小伙伴建造一处新的房舍，是牧场上上下下一直惦记着的一件大事。

1974 年 10 月，这个愿望实现了。

正式乔迁的那一天，场里特意买来了形状款式各不相同的鞭炮，"噼里啪啦"和"嗵——嘎——"之声此起彼伏、相互呼应，经久不息地回荡在新址上空。

听到鞭炮声，一群小朋友朝我们的"新房"拥了过来。他们除了对这处新建的房舍感兴趣外，更对我们这些白牛充满了兴趣。我们自从来到这里后，就成为小朋友们争相观看的对象。在放学时，他们会经常光顾牧场；在星期天时，他们还会来到牧场；就连在上学的路上，他们也会伸长脖子朝牧场的方向瞅几眼。我们就像动物园里的明星，长时间地吸引着园外人们的眼球，尤其是那些小朋友们一双双水汪汪、亮晶晶的眼球。但家长和牧场的工作人员都不允许小朋友们靠近我们的圈舍，他们只能远远地观望。就如我们乔迁那天，尽管鞭炮齐鸣，他们也只能享受和平日一样的待遇——不能与我们近距离接触。

牧场的领导给我们新建的乔迁之地起了一个非常形象的名字——白牛分场。听到这个名字后，我们几个小伙伴差点笑出声来。看来，我们的乳名彻底坐实了。不过这名字倒贴切，还通俗易懂。

在新建的白牛分场里，专门为我们盖了三栋圈舍。他们按照一贯的做法，依旧以性别进行了划分，其中两栋是给我们十四个小伙伴的，另外一栋是给那三个小伙伴的。每栋里面依旧生了火炉。为了防止我们的肚子受凉，地上特意铺设了

木板。多年以后，人们在搞室内装修时，有的人家会专门选择铺木地板，而不用瓷砖。木地板走上去很有弹性，脚底很舒服。当然，除了这些，木地板还有很多优点。在当时，我们就享用了木地板。

作为配套措施，白牛分场还同步建设了兽医站、机井、职工宿舍等设施和保障用房。如此规模的资源配置，可谓相当豪华了。

住进"新房"后，牧场特意为我们配备了最强阵容的服务和护理团队。几十年后，当时在白牛分场工作的人员在接受媒体采访时介绍，派过来的白牛分场书记和场长都是从战争年代一路走来的风云人物，职工都是从牧场里优中选优挑选出来的，有全区农垦系统的劳模，也有全国农垦系统的劳模。另外，还有常住牧场的锡林郭勒盟、内蒙古自治区畜牧研究所的专家教授随时为我们的纯种繁育作指导。阵容相当强大。这一点，从直升机在这里的频繁起降就可以明显感受得到。乘坐直升机的，都是从北京过来的专家。我也是来到这里后，才多次近距离观看到直升机的模样，以及它降落和起飞时的状况，还有它头上那对螺旋桨旋转时产生的巨大风力。也是在那时，我常常想，作为一头牛，能在有生之年享受这样的待遇，夫复何求？

更让我们惊喜的是，牧场把将近六万亩的草场围了起来，专供我们食用。据说，这六万亩草场是这里长势最好的草场。

在我们乔迁当晚，牧场举办了乔迁宴。

透过窗户的玻璃，我看到频频举杯的人们。酒至兴处，他们载歌载舞，那欢快的氛围像在喜迎一个盛大而隆重的节日。

看到这觥筹交错的场景，我想起了家乡的葡萄酒。在法国农场，主人们有时也会开怀畅饮，他们喝的大多是我们法国盛产的葡萄酒。但这里的人们是很少喝葡萄酒的，他们喝的大多是由高粱或玉米酿制的纯粮食白酒。有时，这白酒的醇

香会飘到屋外，溜达进我们的鼻腔。那芬芳四溢、沁人心脾的酒香，是一种与葡萄酒截然不同的味道。我发现，我已经喜欢上了这独特的芬芳。

然而，这样的场景容易让人触景生情。我想起了当年获得全国比赛三等奖时的情景。那一晚，我是农场里的主角，大家或真心或假意地纷纷前来向我道贺，我故作矜持地和他们频频点头，以示回应。那情景，让我想起了平日里员工和农场主打招呼时的场景。我没有刻意去模仿农场主，做出来的动作却有着浓浓的模仿嫌疑与痕迹。想起当年的自己，就想起了"年少轻狂"。

想起这些，我又想起了父亲和母亲，不知此刻的他们正在干什么。不知我们之间是否心有灵犀，我在思念他们时，他们也正在思念我。

我想起了李煜的《浪淘沙令·帘外雨潺潺》："帘外雨潺潺，春意阑珊。罗衾不耐五更寒。梦里不知身是客，一晌贪欢。独自莫凭栏，

无限江山，别时容易见时难。流水落花春去也，
天上人间。"

　　李煜这首词写的是春天将尽的景象，而我们
这里秋意阑珊，寒意渐浓，感觉像要入冬的样
子，尽管才 10 月份。虽然季节不同，但我喜欢
他词里的意境，尤其那两句"梦里不知身是客"
和"别时容易见时难"，我觉得这两句就是写我
的，或者说就是专门为我而写的。难道还有比这
两句更贴近我此刻心情的吗？我觉得没有。我突
然发现，我与 10 月有着不解的缘分：初到这里
时，正好是 10 月；乔迁新居时，又是 10 月。
"这个讨厌的寒冷的月份。多情自古伤离别，更
那堪，冷落清秋节！"

　　来到这个国家后，尽管一直过着"锦衣玉
食"的生活，但思念父母和故乡的心情一直在
萦绕着我，无法挥去。只是有时候浓一些，有时
候淡一些，仅此而已。我想，有些东西不是一时
半会儿就可以消除的，终究需要时间来解决。

我不愿意看这屋内的灯火辉煌，我想自己走走。

没走几步，一头牛隐隐约约出现在面前，正抬着头，像在仰望星空，两只犄角向后延伸着。看着这熟悉的身影，我一下子认出了是1号。

听到我走过来的脚步声，他把头转了过来，上下打量了我一番，笑了笑，说道："这么晚了，还没休息？"

"没呢，随便走走。"我微笑道。

但凡我们可以在牧场内外随意走动，一定是工作人员又查看了我们的档案并精准掐算了日子。

"我也是呢，今天这个特殊的日子，有些睡不着。"他边低头边笑了笑，有些不好意思。

可能是我们说过几次话的缘故，彼此并没有太多的拘束感，反而像是已经认识了很久的老朋友，边说边朝外边走去。

"你叫什么名字？我还一直没问过呢。"他

再一次表现出了不好意思。

"就叫我 2 号吧。"我笑了笑，其实我也没有正式问过他的名字，尽管我们聊过几次。

"你是 2 号，我是 1 号，咱俩的顺序还紧挨着呢。"说罢，他也笑了笑。

他自报家门后，我正式记住了他叫 1 号。

"名字就是一个代号，叫什么还真无所谓。"我笑道。

我们边走边聊，边聊边走，不觉来到一条河边。

夜色下，河水一片洁白。

"你想家吗？"他突然问道。

"能不想吗？"我凄然一笑，"但，想又能怎样呢？"

"是，想又能怎样呢？我们永远也不可能再回去了。如果我们有一双翅膀，可以自由飞翔，该有多好啊！哪怕跨越重洋，翻山越岭。"

"或者我们脚下有一对风火轮，踩上去瞬间

124

就可以消失得无影无踪。"我长叹一声，"要是我们能生活在神话中该有多好啊！但我们偏偏生活在现实中，还处在整个生物链中一个低端的位置，老虎可以吃我们，狮子可以吃我们，群狼可以吃我们，毒蛇可以咬我们，就连一只鸟都可以随心所欲地落在我们的背上啄食。真是没出息啊！"

"我们也不是全体没出息，里面也有厉害角色呢。你看老子骑的青牛，多厉害呢，是上古神兽。"他开玩笑道。

"你对中国的文化还挺了解。"我侧过头看了他一眼，他那长长的直直的白色睫毛特别漂亮。我看不见自己的睫毛，却可以欣赏别人的睫毛。

"小的时候，接触过中国传统文化，我觉得这个东方国家的文化博大精深，特别在文学艺术方面，成绩斐然。我很喜欢琢磨这里的文化。他们的散文、赋、诗、词、曲、小说在各个不同的历史时期都有着辉煌的成就。"说罢，他停顿了下来，像想知道我对中国文化有没有了解，或者了解多少，在没有得到答案前，他似乎不好意思自己滔滔不绝地说个没完。

我很惊讶，居然在这里能碰到一个同样喜欢中国文化的同类，莫不是他也在电视上经常观看中国文化的节目？或者通过其他渠道学习了中国文化？我不好意思刨根问底。

"我特别喜欢他们的诗词。像你刚才说的，他们的诗词成就斐然且影响深远。你看，诗在唐朝达到了巅峰，词在宋朝达到了巅峰，即便到了清代，依旧有很多非常优秀的诗词问世，像纳兰性德的'人生若只如初见，何事秋风悲画扇'，像郑板桥的'些小吾曹州县吏，一枝一叶总关情'，像赵翼的'江山代有才人出，各领风骚数百年'……对了，就是在今天，他们的诗词也占据着重要的位置，像'江山如此多娇，引无数英雄竞折腰''天若有情天亦老，人间正道是

沧桑’‘指点江山，激扬文字，粪土当年万户侯’……”我说道。

"你对中国的文化也有研究？" 1 号一副吃惊的样子，那眼神仿佛在说：在这么一个地方，居然能遇见一个同样对中国文化感兴趣的小伙伴，太神奇了！其实，他现在的惊奇也是我刚才的惊奇。

"我对这里的文化挺感兴趣，平日里也有所涉猎，研究算不上，和你比，我可能只知皮毛。"我微笑道。

"你可不是只知皮毛，我感觉你很精通。"他笑道，"看来咱们和这个地方还真是有缘分，怪不得会万里迢迢来到这里呢。"

"对了，你刚才说的青牛可不是牛，人家叫虬。只不过名字里带了一个‘牛’字。你是故意这么说的吧？那你说说，蜗牛是牛吗？角马是马吗？"我说着说着笑出声来。

他有意在逗我，又道："古代还有一个厉害

角色呢——牛魔王。"

我"扑哧"笑出声来，"牛魔王这个角色倒是有点意思，先前是妖王，后来被托塔李天王和哪吒带上了西天，皈依了佛门，也算是修成正果，结局很好。"

"还有谁呢？"他作沉思状，"一下子想不起来了。"

"是呢，能数得上来的厉害角色，确实不多，而且还多在神话故事里。"

"我又想起一个来。"他有些小兴奋。

"谁？"

"白牛！"

"白牛？白牛不是咱们的乳名吗？"我有些好奇。

"我这个'白牛'是《搜神记》中的'白牛'。说有一人得病，请郭璞帮忙，郭璞说需要一头白牛，果然当天就从西边跑来一头大白牛，走到那人跟前时他的病就好了。原文是这样说

的：'璞为致之，即日有大白牛从西来，径往。临，叔保惊惶，病即愈。'"

"博闻强识，厉害！"我佩服道。

"还有一个厉害角色呢。"他一脸的坏笑。

"这么多呢？看来我们族类中厉害的角色也不少呢。"我笑道。

"牛头。"他故作矜持道。

"牛头？什么牛头？"我一时没有反应过来。

"'牛头马面'里的'牛头'呀！"

"哎呀，我还以为你想起什么角色了，原来是这个呀！你可不要吓唬我，天黑乎乎的。"我边说边朝四周瞅了瞅，感觉"牛头"就在旁边听我们聊天似的，浑身有点起鸡皮疙瘩。

"不好意思，我和你开个玩笑。"他抱歉地说道，似乎为刚才举的这个让我有些害怕的例子而感到自责，感觉破坏了这原本美好的气氛。

事实也确实如此。刚才还其乐融融的聊天氛围一下子变得有些消沉，感觉彼此一时都找不到继续聊下去的话题。

还是他打破了沉默，像没话找话似的："咱们的命真是苦啊，为什么偏偏是咱们，要来到这个异国他乡呢？作为一头牛，在这个世界上，本来就已经很可怜了，当牛做马就不说了，偏偏还要背井离乡。你说牛生来就这样命苦吗？"

"这个怎么说呢？人生来有命，牛也如此吧。"我勉强答复，也不知对否，感觉回答得有点力不从心。

"你说真是奇怪，咱们居然是以这样一种方式在这么一个地方相识的。不过我敢肯定，咱们之前一定见过面，只是我一下子想不起来是在什么时间什么地点了。"我不太清楚他为什么会没头没尾地说了这么几句，而且一时没有反应过来他表达的是什么意思，于是模棱两可地回了一句："寒江孤影，江湖故人，相逢何必曾相识。"这是一部电影里的一句台词。我觉得这句台词很有意境，也很酷，但这句话的准确意思到底是什

130

么，我一直没有弄明白，刚才是在一时不知如何回答的情况下，说的一句应景之话。不管这句话的准确意思是什么，听起来还是很有意境的，很朦胧，有朦胧诗的味道，用在这里似乎挺合适，毕竟，我俩所处位置的旁边就是一条河。河虽然没有江大，但可以理解为缩小版的江。如此一来，似乎也说得过去。

"是呢，'同是天涯沦落人，相逢何必曾相识'。"他侧过头来深深地看了我一眼。

"天已经很晚了，咱们回去吧，一会儿主人会来找咱们。"说罢，我将身子转了过去。

他没再说话，与我并肩向圈舍走去。

一路上，我还在琢磨，我说的那句"相逢何必曾相识"和他说的那句"相逢何必曾相识"，似乎不是一个意思。

我们刚返回牧场的大门，就发现墙上不知什么时候写了一条标语——"把批林批孔斗争进行到底"。

十六

清晨，从圈舍里出来后，我们就会来到牧场围起来的这六万亩草场，这里是我们可以随意进食的地方。说这六万亩草场是附近长势最好的草场，一点都不夸张。那草能长到什么程度呢？人骑在马上，草居然能没过人的膝盖。这是我长这么大第一次见到如此茂盛的青草。白居易曾写过"乱花渐欲迷人眼，浅草才能没马蹄"的诗句，描绘的是春天的景象，我不知到了夏季，他那里的草有没有长到我们这里的"马上膝盖青草生"的状态？我看悬。这句诗是我现写的。

牧场用网围栏将这六万多亩的草场围了起来，一概不允许其他的牛、马、羊等进来。在偌

大的草场里活动的，只剩下我们这几头白牛。这里成了我们的专供草场。放眼望去，像是在一片绿油油的草坪里，移动着几只白色的绵羊。

为了最大限度地保护我们，防止一些疾病从外部传入，我们所待的这片区域，牛车、马车等一律不得进入，经过此处的所有车辆只能绕行。

在牧场内部，防护措施同样是相当严格的，甚而有些不近情理。场里明确规定，职工家中不能饲养鸡鸭猪狗羊牛马驴骡等牲畜，以防把这些动物身上的疾病带入牧场。此举带来的另一个连锁反应是，职工承担了不小的经济损失，毕竟这一块儿副业的收入也是一个可观的数字。从这一点也可以看出，职工的牺牲精神是非常可贵的。这句话我是从一位场领导的口中听到的。那一天，场里的两位领导照旧以突击检查的方式来到我们圈舍，他们有过一段简单的对话，其中一人说道："措施严是严了点，希望职工们能够从大局出发，理解场里的良苦用心。"另一人回道：

白牛

"职工确实做出了不小的牺牲，难能可贵！"

来到国营达青宝拉格牧场后，我们在不断适应着这里寒冷的冬季。出于防寒需要，我们居然长出了白色的绒毛，这显然是身体进行的自我适应性调节。在法国时，我们只有薄薄的一层牛皮，上面的毛只是象征性地长了很短的一截，更像装饰。至于绒毛，那是从来没有的事情。

鉴于来这里已有一段时间，对周围的情况也已熟悉，牧场对我们已很放心。打开圈舍大门后，我们会自行到草场吃草。这里的冬天常刮西北风。大雪过后，或者正在下雪时，西北风一来，顷刻间就变成了白毛风。风里夹着雪，雪里裹着风。对于这样的场景，我们已习以为常。顺着白毛风，我们会溜达到那些没有被雪遮盖的地方找草吃。到下午四点钟时，基本吃得差不多，顶着白毛风，我们又自行返了回来。在出去与回来的整个过程中，无须牧场工作人员的指引或护航。返回圈舍后，我们站在各自的位置上，等待牧工为我们一一拴上绳子，他们担心我们会互相顶撞而受伤，用绳子缩短了我们之间的距离。事实是，我们彼此之间很少发生肢体冲突，这可能和雌性不爱打斗的性格有关吧。待牧工把饲料放好后，我们又开始了新一轮的进食环节。这一环节结束后，卧下去的我们开始了优哉游哉的倒嚼程序。

没有和我们接触过的人，或者对我们生活习性不甚了解的人，对于我们倒嚼这个动作会感到陌生，不明白我们没事时为什么老是在不停地咀嚼。其实倒嚼这个动作是在消化那些还没有完全消化的食物。倒嚼是俗称，专业术语叫反刍，就是将半消化的食物从胃里返回嘴里再次咀嚼。有些人对这个动作很好奇，已经进入胃里的食物怎么还能再次返回嘴里呢？酒醉后的呕吐动作，不就是这样吗？这个动作和呕吐还真有着天壤之别。我们把食物从胃里返回嘴里，是正常的输送，身体没有任何不适。呕吐则是非常难受的，它是一个膈、腹部肌肉突然收缩，胃内食物被压迫经食管、口腔排出体外的过程，而且"呕"和"吐"也有着不同的含义。有物有声谓之呕，有物无声谓之吐，无物有声谓之干呕，呕与吐同时发生时，合称为呕吐。如果我们每天没事时就开始不停地呕吐，恐怕早就离开这个世界了。之所以具备倒嚼这样的功能，是因为我们的身体里有四个不同的胃：瘤胃、网胃、瓣胃和皱胃。前三个胃没有胃腺，总体作用是对食物进行发酵、过滤、磨碎以及营养成分的粗吸收，只有皱胃是分泌胃液的部分，相当于单胃动物的胃，又称真胃。也就是说，前三个胃都是过程或铺垫，最后一个胃才真正消化食物。

在不解的基础上，人们对我们倒嚼这个动作又觉得有些无聊，于是发明了一句话，叫"嚼牙槽骨"，用来形容一些人没事时进行翻舌撩嘴或搬弄是非。这是一方对另一方误解的升级。例如："少嚼一会儿牙槽骨吧！""又在那里嚼牙槽

骨呢？"

　　人类本来是想对他们自己的某些同类进行指桑骂槐、挖苦讽刺或者评头论足，却偏偏不明说，而是拐弯抹角、迂回曲折地把动物硬拉扯进来，用一些与动物有关的行为或描述来达到他们不便直言的目的，比如："死狗扶不上墙""狗眼看人低""好狗不挡道""狗改不了吃屎""死猪不怕开水烫""天下乌鸦一般黑""死马当作活马医""是骡子是马拉出来遛遛""瘦死的骆驼比马大""瞎猫逮住个死耗子""黄鼠狼给鸡拜年""杀鸡给猴看""山中无老虎，猴子称大王""龙生龙，凤生凤，老鼠的儿子会打洞""癞蛤蟆想吃天鹅肉"……

　　这真是一个非常奇怪又有趣的世界。

十七

在草场封闭的那段日子里，我和1号常在吃草时相遇。相遇的次数多了，便越来越熟悉。我们经常边走边聊，边聊边吃，像一对无话不谈的知己。

一次，我们无意中聊到法国的那次全国性种畜比赛。他居然能把当天的盛况历历在目般讲出来。

"你怎么知道得这么详细？"我非常惊讶。

"因为我参加了那天的比赛。"他笑了笑。

"你参加了那天的比赛？"我愈发有些吃惊了。

"是啊，我是参加了那天的比赛。"1号觉得我的反应有些奇怪。

"我也参加了那天的比赛。"我脱口而出。

"哇,真巧。"他说道,"说不定咱们还在一个赛场里呢。"

"不排除有这种可能。"

"我在这里见你的第一眼,就觉得你特别眼熟,我一定在哪里见过你,但是一直没有想起来。"他一脸认真地看着我,感觉要从我脸上读出一些信息来,比如,我们到底在哪里见过面。

"是吗?"这是他第 N 次和我说起同样的话,我觉得他不像在搭讪,因为两个已很熟悉的人用不着不停地搭讪。说不定他真的在哪里见过我。为什么我对他没有印象呢?莫非在他看到我时,我却没有注意到他?我一时想不起一个合理的解释。

"我不会是在领奖台上见过你吧?"他像突然想起了什么。

"有可能。"我点了点头,没好意思说自己

当时获得了全国第三名，说出去的话，感觉有炫耀的成分。如同苦难不应该被歌颂一样，曾经的成绩不应该去炫耀。

"这么说，你那天也获奖了?"他又惊讶地问。

"第三名，没什么。"我低声说着，一带而过。

"那就确定了，就是在领奖台上，咱俩是先后登的台。"他像完成了一项学术研究，又像解出了一道数学应用题的答案。

"你那天也获奖了?"这次轮到我惊讶了。

"也没什么，以微弱的优势获得了个第二名。"他的声音也很低，可能同样怕有炫耀的成分在里面。

"参加的是牛犊类别?"我追问。

"是呢。"他点了点头。

"那就没问题，咱们参加的是同一个类别，可能分在了不同的组里。"

"应当是这样。"

"缘分啊。"这个世界实在太奇妙了，我俩居然同台竞技，还在一个领奖台上领奖，又一同来到了这个陌生的国度，还分到了同一个牧场，关键还对中国文化有着共同的爱好。

"真是缘分啊。有缘千里来相会，无缘对面不相逢。"他突然笑了起来，然后若有所思地盯着我看了好一会儿。

我被他大胆而直视的目光盯得有些不好意思，赶紧把头低了下去，脸有些微微发红。

他可能也觉察到自己有些走神，赶紧轻轻咳嗽了一声，以缓解这略显紧张与尴尬的气氛。

"在中国的古诗词里，你最喜欢哪一首？"他突然没头没尾地来了这么一句，显然是为了化解刚才的尴尬而仓促想起的一句台词。

我思索了一会儿，说："岳飞的《满江红·写怀》写得不错，但我只喜欢里面的几句——'三十功名尘与土，八千里路云和月。莫等闲、白了少年头，空悲切。'我觉得这几句话很励志。其他的几句我不太喜欢。"

"'三十功名尘与土，八千里路云和月。莫等闲、白了少年头，空悲切。'我也很喜欢这几句。我们还很年轻，应当有远大的理想和抱负。"

"你的理想和抱负是什么呢?"我笑着问。

"我觉得从宏观层面讲，应该是为这个世间做点贡献，我们不能白来这世间一趟，但具体是什么，一下子还不好说。咱们刚得了奖，就被派到了这里，看来还得重新规划。你呢?"

"我?"我笑了笑，"父亲临别时和我说，每个生命个体来到这个世界，总是要干点事情的。这段时间我一直在思考，我该干点什么呢?"

"非常羡慕你有这么一位伟大的父亲，以后有机会，我一定要拜访一下他。"他说得非常诚恳。

"天下的父亲应当都是伟大的，你觉得呢?"

他这样直白地夸赞我的父亲，我有些不好意思。

"这个我还真不知道。"他有些吞吞吐吐。

"你不知道？"我有些惊讶。

"我从来没见过我的父亲，我一出生就和我母亲生活在一起。"他声音很低，低得我刚好勉强听得到。

"不好意思。"我觉得刚才的话问得有些鲁莽。

"没什么，这么长时间了，我早已习惯了。"他笑了笑。看得出来，他在强颜欢笑。

"我还能不能再见到父亲，不好说。以后的日子，也许和你一样了。"我凄然一笑。

"同是天涯沦落人，相逢何必曾相识。"他突然冒出这么一句来。我记得前段时间，他也曾没头没尾地说过这一句。

"咱们回去吧，时候不早了。"此刻，夕阳已有西下的意思，每到这个时候，我们都该返回牧场了。虽然我们没有佩戴手表，但观察太阳与天色，也能八九不离十地判断出大致的时间。

"走吧。"说罢，他默默地走到我身旁。

我觉察出他今天的情绪起伏很大。

十八

繁衍纯种夏洛莱牛，与当地牛结合进行品种改良，是我们来这里的两大任务，概括起来讲，就是用优良品种发展当地的畜牧业。

为了延续夏洛莱牛的纯种基因，牧场特意从外地调来了其他白牛的冷冻精液，我们十四头母牛需要进行人工授精。其实牧场里有1号、3号和5号三头公牛呢，完全可以用他们的冷冻精液与我们进行人工授精，但场里为了防止我们同群内出现近亲繁殖（有点像人们常说的近亲结婚），他们非常谨慎地选择了从外地调用其他夏洛莱牛的冷冻精液。他们怕我们这批一同前来的十七头牛中有近亲的可能性。也正是基于这样的考虑，牧场将所有出生的牛犊建立了谱系档案，防止近亲繁殖。

牧场做工作是非常认真的，这一点我特别钦佩。但他们的过分认真，在我心中留下了一点小小的遗憾，我想起了1号。如果我俩的基因进行结合，生出来的小牛犊会不会特别优秀且可爱呢？这是埋藏在我心中的一个美好夙愿，但终究没有实现。凭直觉，我相信我与1号之间不可能存在近亲的可能性，只不过机缘巧合，我们一同来到中国，又一同来到国营达青宝拉格牧场。1号曾和我说"有缘千里来相会"，然而，我们的缘分又那么短暂，或者说有缘无分，我们最终也没能走到一起。每想起1号，我就觉得命运有时候充满了戏弄，既让你相见，或者也可以让你相爱，但又不让你有进一步的发展，至于"有情人终成眷属"这样的画面，想都不用去想。如此美好的结局和你没有半点关系，那都是说给其他人听的。

来牧场已有一段日子了，在工作人员的精心呵护下，我们的身体在茁壮成长着，雌性的特征已非常明显。他们说我们不但已经性成熟，而且体也成熟了。也就是说，我们具备了交配的身体基础，可以生儿育女了。

为了提高生育质量，达到优生优育的效果，牧场不允许我们进行自然交配，也就是说不允许我们异性之间在身体上有直接的接触。得知这一情况后，我立即想起了三头公牛那次荒唐而搞笑的对话。之后，我们十四头母牛正式开始了人工授精。

听场里的人念叨得多了，我也明白了什么是人工授精。形象地讲，就是采集种公牛的精液后，用输精器将精液输入发情母牛的阴道内，使精液进入母牛的子宫，以此来提高优质种公牛精粒的利用率。

据育种员讲，人工授精有几种方法，他们采用的是直肠把握法。育种员还讲，这种方法对输精的技术要求较高，比较难以掌握，但熟练以后，可以获得较好的受胎效果，受胎率也比其他授精方式高出许多。

我不是场里第一个进行人工授精的夏洛莱牛。由于时间差的存在，我有机会目睹了在我之前其他姊妹们进行人工授精的全过程。育种员先把她们保定好，然后把她们的尾巴拉向一侧，以防干扰。保定是场里的一个专业术语，通俗地讲，就是将牛固定好，使之不能乱动。场里是用一个金属器材制作的固定架对牛进行固定的。育种员戴上消毒塑料手套，手套上涂上润滑剂，授精环节就开始了。

一头牛到了一定的年龄段，总要经历一些事情，或想到的，或想不到的，就如这人工授精。

当轮到我时，他们拎起了我的尾巴，育种员戴着塑料手套的手直接伸入我的直肠，在他的手进入我直肠的一瞬间，有一种异样的火辣辣的感觉。育种员的手在继续前行着，当触碰到我的子

宫部位时，一种惬意的快感突然涌来，这是一种非常奇妙、之前从未有过、无法用语言描述的感觉，弄得我情不自禁地把尾巴翘了起来，直直的。

将输精器中的精子推到子宫里时，育种员缓缓地将输精器取了出来，并不停地揉按着我的外阴部。一会儿的工夫，我的身体便有了反应，浑身酥麻，像散架，又像飘飘欲仙，真是一种美妙至极的感觉。这种感觉也是之前从未有过的。

"输精时要做到轻插、适深、缓注、慢出，防止精液倒流。"育种员在操作完整套流程后，向旁边站着的一位年轻人说道。那场景，像医院里的医生在带一位实习生，而刚才那番实战性操作又是难得的临床教学案例。

与我们不同的是，那三头公牛的冷冻精液与当地牛进行了配种。

牧场选出八百头个头大、膘情好的当地牛作为白牛分场的基础改良牛，以二百头为一个群，共计四个群，安排场里那些经验丰富、吃苦耐劳、勤奋肯干的工作人员对她们进行培育，同时进行冷配改良工作。这些当地牛配种所需的冷冻精液全部来自那三头公牛。

那时的牧场在冻精和冷配方面的技术已经很先进了，不但自己冷冻精液，还自己进行配种。

虽然用1号他们三头公牛的冷冻精液给本地牛配种，这些本地牛吃草的地方却在我们白牛分场后面的一条沟里。那里的草长势也比较好，虽然和我们那六万亩草场有一些区别。有时，他们吃着吃着就越过了那条沟。

初次接触人工授精者会担心这三头牛的精子能不能应付得了这八百头母牛。事实是，对于这三头公牛来说，太小菜一碟了。据说，每头公牛每年自然交配时只能配四十头到一百头母牛，而人工授精时则可以配六千头到一万两千头母牛。这个数量相当可观。如此一来，可不真就是小菜一碟了！

　　到后来，最初选出的八百头基础母牛已经被淘汰，白牛分场形成了以 1 代、2 代、3 代改良牛为主的新的基础母牛群体，整个牧场改良牛的数量超过两千头。当然，这些都是后话。当时白牛分场的冻精与冷配工作在全区已非常突出。据说，全区第一例冷冻精子就诞生在这里。作为研发的配套环节，白牛分场还生产冷冻精液的解冻液，并申请了专利。当然，这些也都是后话了。

十九

不知是这六万亩的草场太小，还是我们相识后变得愈发关注对方，在外出吃草时，我与1号总能相遇，而且每次相遇，感觉彼此都有聊不完的话题。莫非真像一首歌的歌词中说的那样——"我说我的眼里只有你，只有你让我无法忘记"？一想到这些，我脸上又有些发红发烫。

"上次咱们聊完后，我想了很久，我觉得一头牛既然来到这个世间，就应当为这个世间做点贡献，不能浑浑噩噩，白来一趟。从宏观层面讲，这是没有一点问题的。从中观层面讲，应当做好三种牛。"1号见到我后便开门见山说道，没有铺垫，没有缓冲，没有过渡，也没有客套话，比如"今天天气不错"之类的。

"中观?"我一愣，"中观是什么意思?"这个词我还是第一次听说。

"在社会科学中，一般来说，我们通常把从大的方面、整体方面去研究把握的科学，叫作宏观科学，对应的这种研究方法，叫作宏观方法。通常把从小的方面、局部方面去研究把握的科学，叫作微观科学，对应的这种研究方法，叫作微观方法。而介于两者之间的就是中观的方法，所以在社会科学中，有宏观理论，有微观理论，还有中观理论。"他非常严谨地解释着，一副怕我听不懂的样子。

我一直觉得，在学问方面，我对自己是比较满意的。但在和他的几次交流中发现，他的博学与才华不在我之下。我发自肺腑地钦佩。

"'三种牛'又怎么解释?"我问。

"一是'孺子牛'。"

"就是鲁迅笔下'横眉冷对千夫指，俯首甘

为孺子牛’中的那个‘孺子牛’?”

“是呢。‘孺子牛’讲的是一种奉献精神，即‘给予人者多，取于人者寡’。”

我点了点头：“那第二种呢?”

“二是‘拓荒牛’。”

“鲁迅曾在一文中说：你们还在‘萌芽’，还在‘拓荒’，他却已在收获了。”

“是呢，就是这个‘拓荒’。‘拓荒牛’讲的是一种‘拓荒直教牛扛轭，叱地犹闻犁丈声’的开拓豪情。”

“这两句诗挺形象。”我笑了笑，“最后一种呢?”

“三是‘老黄牛’。”

“就是臧克家先生笔下的‘老牛亦解韶光贵，不待扬鞭自奋蹄’中的那个‘老黄牛’?”

“是呢。‘老黄牛’代表的是一种不怕艰苦、勤奋惜时、自觉奋进的精神。”

我又点了点头。

"我觉得，一头牛如果不想让这一生虚度，并对这个世间有所贡献的话，就要做一头'孺子牛'，做一头'拓荒牛'，做一头'老黄牛'，唯如此，才不愧对牛这一生。"他说这些时，脸上满是激情。

看着1号的样子，我想起了毛泽东《沁园春·长沙》中的那几句词："恰同学少年，风华正茂；书生意气，挥斥方遒。指点江山，激扬文字，粪土当年万户侯。"

"对了，我刚才独自讲了这么多，还没征求你的意见呢，你觉得我的这些观点正确吗？"他抬起一双大眼睛望着我，洁白的长长的睫毛向下低垂着。

"完全赞同。"我笑道，"听君一席话，胜读十年书。"

"那就行，证明我这几天的思考没有白费。我就怕你来一句'听君一席话，如听一席话'。"说罢，他高兴地笑了，笑得那么纯真。

"青春激荡的年纪真好啊!"我心里暗自想。

"如果人类知道咱们也会思考,你觉得他们会是什么反应?"1号突然又问。

"他们第一反应就是不相信。"我笑道。

"为什么不相信?"1号显得有些惊讶。

"这个族类最大的特点就是不轻易相信别人。他们教育下一代时的口头禅都是'不要和陌生人说话''远离陌生人',殊不知绝大部分的案件是熟人作案。从不轻易相信别人延伸出来的,就是不轻易相信他们不了解、不知道、没掌握的知识和事情。在这方面,'宁信其无,不信其有'是他们最大的特点,所以才有了'不见棺材不落泪''不到黄河心不死',但他们故意将这句话反过来说成'宁可信其有,不可信其无'。对了,这也是他们的一大特点——'说一套,做一套'。具有反讽意味的是,他们一直信奉'眼见为实',结果这个世界上百分之九十五以上是肉眼看不到的暗物质。"

1号在认真听着，不时用眼睛瞅着我。

"这么说，他们绝对不会相信我们会思考而且一直在思考这件事了?"等我说完后，1号问道。

"除了不相信，他们还会觉得我们在胡扯。"我又道，"就如他们自己说的，两个初中生背着书包在放学的路上谈论人生，结果让经过他们身旁的老师笑得差点怀疑人生。"

"那就有点'人类一思考，上帝就发笑'的味道啦! 我们就是那人类，他们就是上帝啦!"1号也笑道。

"每个群体都有他们的认知局限，这很正常。井蛙不可语海，夏虫不可语冰，曲士不可语道，就是这个道理。尤其是那些自高自大、自以为是者，更是如此。"

1号默默地点了点头。

我们并肩走着，边走边聊，一直走进秋光无限的黄昏里。

二十

时间就像是从水龙头中渗漏滴答出来的水珠，不知不觉中，已流失了许多。

转眼间，我们十四个伙伴离人工授精的时间已过去了九个月，很快就到了临产的日子。

自从我们几个怀孕后，白牛分场的工作人员对我们的照顾愈发细致有加，生怕出一丁点的差错。每天除了正常进食青草外，还额外增加了精饲料。人手配备方面，在原有牧工的基础上，增加了每头牛的看护、照顾人数。医护人员也定期对我们进行各种检查，查看临产前的各项指标是否正常。为我们检查身体的畜牧领域的医护人员，很多是国家级或者自治区级的专家。一看到

直升机上盘旋的螺旋桨将地面上的草吹得东倒西歪时，我们就知道北京方面的专家又来了。场里对我们无微不至的关怀，就像一个家庭中尽锐出战，来照顾一位即将临产的孕妇。我们身体最胖的时候，脊背中间形成了一条"沟"。牧场的工作人员故意将鸡蛋放到这条"沟"里面，鸡蛋居然滚落不下去。雨天时，这条"沟"里还会有积水。膘肥体壮时，自有膘肥体壮的优势，但膘太"肥"体太"壮"时，也会带来烦恼。瘦子不懂胖子的痛，胖子不懂瘦子的苦。瘦子永远不懂胖子站在秤上的悲伤，胖子永远不懂瘦子轻易被推倒的凄凉。

生产的那一天终于到了。我怀着一份紧张而期盼的心情等待着那激动的一刻。

那一刻也终于来了——在幸福与痛苦的相互交织中，在撕心裂肺与涅槃重生的相互转换里。

正式分娩的那一刻，我终于明白，为什么有些国家将孩子出生的日子定为母难日，为什么中国古代书籍上也把孩子的生日称为"父忧母难之日也",为什么有些书籍上也说:"亲之生子,怀之十月,身为重病。临生之日,母危父怖,其情难言。"当生过一次孩子,这一切就都明白了。"纸上得来终觉浅,绝知此事要躬行",实在没有比这句更正确的话了。

好在有一帮畜牧领域的顶级医护专家在现场保驾护航,我们十几个伙伴都顺利产下了一个新的生命。

这也是在白牛分场产下的首批纯种夏洛莱牛犊。

按照牧场以性别排列奇数和偶数的惯例,第一个和第二个出生的公牛犊分别被命名为 7 号和 9 号,第一个和第二个出生的母牛犊分别被命名为 30 号和 32 号,以此类推。

我是第二个生产公牛犊的,9 号是我的孩子。

看着胖乎乎的儿子,我想起了母亲曾对我讲

起的关于我出生时的情况。

母亲说，我出生的时候曾有祥瑞出现——一道彩虹将吃力站着的我罩了进去，我的整个身子都是五颜六色的。母亲还说，我出生的前一天晚上她做了一个梦，梦中天使和她说即将出生的我是肩负着使命来到这个世界的，还送了她关于我的四句话：学贯东方，吉人天相。儿孙绕膝，终老他乡。我虽然一直不太相信母亲关于我出生时这段真假难辨的叙述，但在我即将生产的这几天，我居然期盼母亲和我说的这些事情能在我身上重演，好让我也知晓即将出生的这个孩子未来如何。但遗憾的是，我没有收到任何暗示或明示的信息，就连在梦中也没有。人们常讲人是一个奇怪而矛盾的混合体，我忽然发现，作为牛类，有时候我们的有些想法也挺奇怪。看来大家都大同小异，尽管不属于一个物种。

当时专家普遍预测这批纯种夏洛莱牛犊的初生重应当在三十五公斤至四十五公斤之间，但这些新生命的实际体重大多在五十五公斤左右，远远超过了专家的预测。这里面体重最重的恰恰是9号，他的初生重竟然达到了六十公斤。我居然能怀着一个一百二十斤的大胖儿子在牧场里晃悠，想到这里，一丝自豪的笑容悄悄浮现在我脸上。我觉得我还是挺厉害的。

看着这个胖乎乎的儿子，我突然想到一个问题——谁是这个孩子的父亲？显然，除了牧场的工作人员，恐怕没有人知晓了。也就是说，这是一个一生下来就没有见过父亲也不知道父亲是谁的孩子。我想起了1号。他曾和我说，他不知道他的父亲是谁，他一出生就和母亲生活在一起。那日，当他和我聊起这些时，我没有太深的体会。我记得，当我提起我父亲的时候，他表现出了异样的神情，还说有机会一定要拜访父亲。现在，我终于理解他的心情了，他和我儿子有着相同的命运。比起他们，我又是幸福的，至少我有一个完整的家，曾经。

每一头牛犊刚一出生，作为母亲，都要舔舐它们身上的黏液。就像我看到儿子那一身黏糊糊的东西，就迫不及待地要舔舐干净一样。成语"舔犊情深"，可能就是根据这个动作创造出来的。母爱的伟大，在此处就可见一斑。但舔犊归舔犊，有些母亲在"舔"的时候，比较马虎，"舔"这个动作做得不太到位，以致牛犊身上有些地方不太干净。这个时候，牧场里的工作人员就开始了他们的工作——辅助母牛擦拭牛犊。同时，要用碘酒给脐带消毒，防止脐带感染，像在伺候一个刚呱呱坠地的婴儿。

对刚出生、没有吃奶的牛犊过秤称重，是牧场必做的一项工作。牛犊刚出生时的体重，有一个专业名词，他们称之为初生重。随着牛犊年龄的增长，定期称重还在继续，如三月龄重、六月龄重、十二月龄重、十八月龄重、二十四月龄重和三十六月龄重。牧场为每一头牛犊建立了一份独立的档案，然后再为场里所有的牛建立了一个整体的谱系。这个谱系像是人类的家谱，谁是谁的儿子，谁是谁的女儿，谁是谁的大舅哥，谁又是谁的小姨子……防止出现近亲繁殖。

受条件所限，当时牧场里没有地秤，在称这些刚出生牛犊的体重时，他们购买了两个最大称重量为五百斤的秤，然后把这两个秤对在一起，上面放一块木板，把牛犊牵上去后，牛犊的初生重就出来了。等到后来，地秤已经相当普及了，即便是普通的家庭养殖户，也都配备了地秤。

牧场里用两个秤拼凑起来称牛体重的办法，让我想起了三国时"曹冲称象"的故事。两者在时间上虽然间隔了数千年，在方法上却有相似性。群众的智慧是无穷且相近的。

二十一

首批纯种夏洛莱牛犊的顺利出生，不仅振奋着整个白牛分场和国营达青宝拉格牧场上上下下的人心，同样也成为西乌珠穆沁旗乃至锡林郭勒盟的一大新闻。

各路前来参观、考察、取经的人隔三岔五地涌向白牛分场，其中还有很多慕名而来的好奇者，他们就是单纯地想来看看，从法国来的这批"国礼"纯种夏洛莱牛产下的牛犊到底长什么模样。

每一拨到来的人，都会由远及近围着"牧场—圈舍—我们"端详着、点评着、议论着，并不停地向白牛分场的工作人员询问着各种各样、千奇百怪的问题。这些人里面很多带着照相机，看到我们时，一脸的欣喜，从不同的角度选取位置后，"咔嚓""咔嚓"地按着快门。

就如"一千个读者眼中有一千个哈姆雷特"一样，他们在选取拍摄我们的角度时，果然是百花齐放、百家争鸣，尽管我们还是不曾变化的我们。他们有拍我们头部的，有拍我们肚子的，有拍我们尾巴的，有拍我们整个身子的，还有以我们其中的一头或若干头为中心顺便连圈舍一起拍摄的……也有独辟蹊径，选取其中一个点进行拍摄的。比如，有专门拍摄我们耳朵的，有专门拍摄我们蹄子的，还有专门拍摄我们睫毛的。最好笑的是，一个拍摄者居然专门拍了我们的眼睛，边拍还边向身旁的人说："眼睛是心灵的窗户，你看这一双双大眼睛的背后，尽显温和与善良。在这世界上，比牛还善良的动物真还找不出几个来。"旁边一人附和道："对呢，对呢！相由心生，符合辩证法。"

166

每次看到乌泱乌泱前来的人群，我们也有些害怕，不知道他们手中拿着"长枪短炮"到底想要干什么。以致一看到有大批的陌生人前来，我们大都不愿意靠近他们，有时刻意和他们保持一定的距离。他们倡导的"不要和陌生人说话""远离陌生人"等观念，时间一久，我们也学会了，并反过来用在他们身上。

当拍摄的角度不能称心如意时，他们便会模仿我们说话的声音，朝着我们"哞哞"地叫，还不停地向我们招手，示意我们离他们近一些。听着他们蹩脚而单一的发音，我们觉得特别好笑，不知他们在说些什么。他们也真有意思，以为凭借着一个调子的拟声叠音词"哞哞"，就可以表达出万千意思来。他们也太天真了，音乐还有七个音符呢。他们可能一厢情愿地认为，我们嘴里发出的"哞哞"声和他们嘴里发出的"哞哞"声是一模一样的。殊不知，我们嘴里发出的"哞哞"声抑扬顿挫，包罗万象，集万千语义于一身，与他们嘴里发出的"哞哞"声有着天壤之别。我们是天，他们是壤。

后来我发现，他们不但会模仿我们"哞哞"叫，还会模仿猫咪"喵喵"叫，还会模仿绵羊"咩咩"叫，但发出来的音都是一个调子的拟声叠音词，连皮毛都算不上，更别说精髓了，折腾了半天，均不得要领。

来白牛分场的队伍越来越大，阵容越来越强，连旗里和盟里的记者也都来了。

报社的记者手里拿着本和笔，电台的记者手里拿着录音设备，电视台的记者是双人组合，一人手里拿着话筒，另一人肩上扛着摄像机。这些分属不同单位的记者是组团来的。我是第一次见到这采访阵容，好奇地瞅着他们。

听为首的一人介绍，他们是宣传部统一安排的采访团，便于大家集体发问，也便于被采访人统一回答。具体是哪一级的宣传部安排的采访团，在哄哄吵吵的喧嚣声中，我没有听清。

这些记者看上去非常敬业，先是采访白牛分场的负责人，后又采访场里的医护人员，再去采访牧工，最后对我们进行拍照和录像。临了，还进到我们的圈舍进行实地察看。

第二天，各大媒体关于我们的报道就出来了，虽然形式各异，但内容大致相同，标题有：《首批夏洛莱牛成功产犊》《"国礼"落地生根记》《夏洛莱牛肩负的"两国情"》《古有鹊桥相会，今有"牛郎"搭桥》《它们的名字叫"夏洛莱"》……

对我们的身体特征及其他相关方面的报道，几家媒体的内容基本是相同的，因为是集体采访，统一回答。

尽管过去了多年，当年的那些报道，我记忆犹新——

夏洛莱牛体格大，体质结实，全身肌肉非常丰满，尤其是后腿肌肉圆厚，向后突出形成"双肌"特征。头中等大小，颜面部较宽，嘴宽而方，颈短粗，胸深，肋圆，背部肌肉厚，体躯呈圆筒状，四肢正直，被毛细长，毛色为白色。

夏洛莱成年公牛体重为 1100 公斤~1200 公斤，成年母牛体重为 700 公斤~800 公斤，公牛犊平均初生重为 45 公斤，母牛犊平均初生重为 42 公斤。

夏洛莱牛在繁殖方面最大的缺点是难产率高，故应选择与体形较大的经产母牛杂交。

……

二十二

任何一项事业的发展都不是一帆风顺的，很多时候，不但不是一帆风顺，还有可能充满了曲折，甚而会付出生命的代价，否则，就不能称之为事业了。夏洛莱牛与当地牛的改良工作就不是一蹴而就的。

采集夏洛莱牛精液后进行冷冻，然后以冷配的方式对当地牛进行人工授精，改良后的新品种就这样诞生了。

当人们满怀期望憧憬着新的改良品种会以什么样的模样出现时，问题随之发生了。

其实，前期所有的工作进展得都非常顺利，问题恰恰出在了最后一关——生产：有一部分牛犊因难产而胎死腹中了。

这极大地刺激着牧场上上下下的神经，打击着牧场上上下下的士气。尽管之前他们也调取了夏洛莱牛的相关数据，知悉夏洛莱牛的难产率最高曾达到 23%，但他们依旧觉得这么高的难产率不会在白牛分场发生。而事实是，白牛分场里的难产率确实也没有那么高。在牧场人心中，难产这样的事情即便发生，也应当是偶尔的一两次，而不是达到一定的比例。他们对自己的技术，尤其是对盟级、自治区级和国家级畜牧方面的医疗专家充满了信心。

他们开始苦苦思索一个问题：是什么原因导致了难产？从他们一个个眉头紧锁的神情中，我看出了事态的严重性。

从场里的领导到医护人员，再到牧工，大家聚在一起，分析着可能导致难产发生的任何蛛丝马迹。鉴于兹事体大，盟、自治区、国家方面的专家也都齐聚白牛分场，一场因何难产的分析大

讨论随即展开了。

功夫不负有心人。

经过大量的数据对比、案例分析、实地调研以及临床观察，他们终于搞清楚了原因——夏洛莱牛的额头特别大，通俗地讲就是脑门特别宽，再一个就是它的后臀部特别宽，而产道空间是有限的，超出空间就会造成难产。夏洛莱牛体形本来就大，结果牧工还无微不至地关照着其饮食，通俗地讲，就是还在往死里喂，如此一来，母牛肚子里的牛犊营养太过丰盛，再加上牛犊吸收发育也好，一个个吃得滚瓜溜圆的，本来脑门和后臀部就宽，不难产都奇怪了。

找到原因后，就该研究解决问题的方案了。

那就是瘦身——在临产前的六十天内限制母牛的营养摄入，撤掉一些饲料，以控制母牛肚子里牛犊的体重。

对症下药后，问题迎刃而解了。

在那个年代，人们对夏洛莱牛的饲养还属于

摸索阶段，饲养技术掌握得不太到位，饲养经验也存在不足。等到了后来，这些问题已经不再是问题了。

但在当时，对于那些面对孩子一出生就已经死亡这一悲惨事实的当事母牛来说，打击却是致命的。

我曾目睹了那些本地母牛专注地舔舐着躺在冰冷地面上生命已经逝去的小牛犊，她们的泪水默默地流淌着，悲痛欲绝的神情一览无余。我不知道她们是抱着一丝希望祈祷这些已经逝去的幼小生命能够起死回生，还是已经知悉了这些幼小生命已经逝去，但要让这些孩子们干净、体面地离开这个世界。她们虔诚而专注，像在进行一场庄严而神圣的宗教仪式。

人都有恻隐之心，牛也一样。

站在一旁的我，多少次都在默默地陪着她们掉眼泪。

人们说人生有四大悲剧：幼年丧母、青年丧

父、中年丧偶、老年丧子。我觉得，在这些最亲近的家庭成员里面，无论丧掉哪一个，无论是在什么年龄段，都是人生的悲剧。牛生又何尝不是如此？

又是一个撕心裂肺的场面。我已记不清这是第几次见到这样的场面了。我不忍再看下去，转身朝牧场外走去。

牧场的墙根儿下，有两个人正在写标语。

自从来到这里后，我发现经常有人会在墙上写标语，等过上一段时间，就会出现新的标语。我一直不知道是哪些人在写这些东西。有时候能看到写标语的人，有时候看不到写标语的人，但一觉醒来，墙上已经有了新的内容。

这次墙上的标语是——"批判修正主义路线 回击右倾翻案风"。

有两个人边写边在聊天，其中一人说道："这运动一个接一个，不知道什么时候是个尽头啊？"

"估计快结束了。"另一个人说道。

"快结束了?"前一个人像有些不大相信。

"估计快结束了。"后一个人重复着刚才说过的话,"听说,有可能这是最后一个运动了。"

"最后一个运动了?!"前面那个人有点惊诧,突然提高了嗓门。

"嘘!低点声!听说,只是听说。"那个人连忙将手指放在嘴唇上,示意对方降低声音的分贝,又非常警惕地向四周瞅着,生怕隔墙有耳似的。

当他们看到身旁站着的是我这一头牛时,才显得不再那么紧张,似乎将两颗悬在半空中的心复位了。

我无意听他们的对话,继续向前走去,走进一望无边的草场里。

二十三

时间就像长着翅膀的雏鸟，在不知不觉中就会离你而去，飞向遥远的他方。

转眼间，9 号已长到三岁。

三岁，对于人类来说，还是一个小孩子，最多到了上幼儿园的年龄，但在牛类，已经步入成年。

站在牧场中的 9 号，魁梧奇伟，玉树临风，属于在牛群中会被一眼就看到的角色。用成语"鹤立鸡群"来形容，多少有点夸张，但说它是牛群中的佼佼者，毫不过分。虽说亲人眼里出宝贝，但作为母亲，我觉得我对他的评价还是很客观的。事实也证明了这一点。

经牧场工作人员现场测定与查看谱系，9号体征的所有指标均超过其父体。仅拿其中最直观的一项来看，三岁的9号体重已接近1150公斤。也就是说，9号的体重超过了一吨。

多年以后，当年在牧场工作的人员接受媒体采访时，依旧忘不了当时的情景，他说："9号是一个发育非常好的个体，是那批牛犊中最出色的。"9号给大家留下的印象之深，可见一斑。

在这三年的时光里，我每看到儿子9号，心头会顿时涌上一丝甜蜜，心中所有的忧愁、不快、烦恼会瞬间一扫而光。我常常想，儿子是抚慰我心灵的灵丹妙药和定海神针，儿子是这个国度里我最亲的依偎，儿子是我日日夜夜最牢靠的陪伴。

看着儿子在健健康康地成长，是我三年来最大的欣慰。

然而好景不长。

鉴于儿子优秀的体征和强大的基因，锡林郭

勒盟冷冻站决定把他从白牛分场直接调到他们那里去，向全盟乃至全国推广、出售夏洛莱牛冷冻精子。

儿子的离去果真应了那句话："人无千日好，花无百日红。"我们短暂而温馨的三年相处，终究抵不过那到头来的"千日"。后来，在白牛分场出生的纯种夏洛莱公牛犊或者被调到了锡林郭勒盟冷冻站，或者被其他省份以引种的方式买走了。而儿子是首个被调走的公牛犊，在白牛分场开了先河。

那一天，终于还是到来了。儿子被调走时的情形，与我在法国农场离开父母的那一幕如出一辙。相比之下，儿子似乎比我坚强了许多，毕竟他是一头公牛犊，严格地说，刚刚成年。

知道自己要被调走的儿子尽管没有像当年的我一样哭泣，但我看到他眼里也满是泪水。看着泪眼婆娑的我，高大健壮的儿子反过来安慰我说："妈妈不要太难过，我听他们说盟冷冻站离咱们白牛分场也就二百多公里，坐车也就两个多小时，不像您当年跨越重洋，万里迢迢来到这里。有空时，我就回来看您。"听到儿子的这句话，我很欣慰儿子的懂事，但我马上想起了当年母亲和我说的话。经过这几年的磨炼，我知道，很多话说起来容易，做起来却比登天还难。就如母亲当年说要过来看我或和我一起生活一样，最后却成了一句无法兑现的空话，飘荡在空旷的草原上空，久久不能散去。

儿子还年轻，没有太多的社会阅历，在他心中，二百多公里根本就是一个不值得惦记的距离，不就是两个多小时的车程？儿子没有想到的是，作为人类的他们，虽然在生活上悉心照料着我们，所以我们吃得很好，住得很好，包括享受到的医疗条件也是一流的，但在心灵和精神层面的关怀上，他们却缺失了，以至于我们的心灵世界一片荒芜，如同一张没有着墨的白纸。可能在人类的眼里，作为动物的我们是没有感情的，或者说，即便我们有感情也是很短暂的，可以忽略不计的，抑或是，他们知道我们是有感情的且会和人类一样持续很久，但为国家或事业计，不予考虑。

我不愿意打击儿子，怕他知道事情的结果后会影响情绪，甚而影响他往后的生活。在这个世界上，有些事情知道了真相反而不如不知道的好。就如有些善意的隐瞒比直言相告也许更好。我没有告诉儿子，大概率这是我们今生最后一次见面。我觉得让他生活在希望之中，总比让他生活在绝望之中好一些。

儿子的离去是我无力左右的，就如当年我的离去不是父母能左右的一样。在儿子即将被一根长长的缰绳牵着走向卡车时，我再也忍不住了，拼命地冲了过去，想阻止当年发生在我身上的一幕在他身上重演。牵着绳子的那个人见我冲了过去，即刻加快了脚步，试图奔跑，儿子健壮的身子也被动地跟着小跑了起来。与牵绳子那人一同前来的几个人，立即随手从地上操起一些家伙向我挥来。他们想借着这些假动作把我赶走。我已顾不了什么真假动作，也不管他们手中拿着的是什么东西，径直冲了过去。那几个人看着我发疯般的样子，吓得赶紧闪身躲开了。我追上了儿子，拦在他的面前。牵绳的那个人立即弃绳逃去。

"儿子!"我失声痛哭起来。真想告诉他这真的有可能是此生我们最后一次见面了，但话到嘴边，我又硬生生咽了回去。除了无尽的哀伤，我竟不知道该和儿子说些什么。

泪水在眼里直打转的儿子不停地安慰着我说:"妈妈，您回去吧，过些日子我就来看您。"除了这句话，他好像也没有其他话语。

牵绳的人与他的同行者又都围了过来，在我与儿子说话的空隙，趁机捡起了掉在地上的缰绳。他们每个人的手里都多出了一根木棍，显然是用来防范我攻击的。可能是仗着人多势众且手

里有了武器，那个人又开始拉起了缰绳，儿子又被动地往前走了一步。我再次冲向那个拉缰绳的人。那个人一边后退，一边向我挥舞着手中的木棍。其他几个人也惺惺作态，向我挥舞着手中的棍子。我已注意不到他们是不是真的将棍子打在我的身上，我感觉不到身上有疼痛。我一下子像失去了理智，变得不管不顾。

"妈妈，您别这样了，我真的过段时间会回来看您的。"儿子带着哭腔，像在央求我。

不管儿子怎么说，我还是舍不得他离去。但那几个人丝毫没有放弃的意思，我每一次冲撞，他们都会后退几步，我一返回，他们就会拉着儿子向前走一步。我们之间像展开了一场拉锯战，儿子却被他们拉着逐渐靠近了卡车。我是战争失利的一方。

我知道，事情的结局是我无法扭转的。但我不愿意放弃。我无能为力地拖延着这场战争，而战事对我越来越不利。

白牛

儿子终究被他们牵上了卡车。那焊接后加高加长的铁栅栏瞬间就被锁上了。我围着卡车的尾部焦急地转着圈子，想跳上去却又不能。

儿子眼泪汪汪地看着我，不停地说着"回去吧，妈妈"。

卡车瞬间发动了，一溜烟朝前跑去，不愿给我们母子留下哪怕一分钟的多余时间。

我的泪水再一次夺眶而出。我号啕大哭，鼻涕与眼泪毫无秩序地交织在一起。

我拼命追赶着卡车。

卡车报我以浓烟与刺鼻难闻的尾气。

伴随着"再见，妈妈……"声音的渐渐远去，卡车彻底消失在我泪眼模糊的视线之外。

天真的儿子一直以为"再见"就是"再过一段时日就能相见"。

"儿啊——"我撕心裂肺地喊叫着，但儿子已听不到我们之间这最后的声音。

想着消失的儿子，我又一次想起了我离开农

184

场时的场景。

家族的历史如此相似，家族的命运如此相像，莫非这就是我们的宿命？难道命中注定我们一代又一代就这样一直循环在离别的痛苦之中？命运啊，这也太不公平啦！我仰天长啸，发出了凄惨的"哞哞"声。

四周一片死寂，我没有收到任何回复，只有风儿吹过我短细的毛发。

我像丢了魂魄一样，耷拉着脑袋萎靡不振地朝牧场走去。

远远就看见牧场的墙根儿前站着一些人，有手里拿刷子的，有手里提着塑料桶的，有擦拭墙面的。很快，新的标语就出现在外墙的显著位置。等我走近时才看清，上面写着"打倒'四人帮'，人民喜洋洋"。

我看见了1号，他正远远地望着我。看到我一副失魂落魄的样子，他赶紧朝我走了过来。我看了他一眼，像没有看见一样，沮丧地走向自己的圈舍。

"你今天怎么了?" 1 号惊诧地望着我。

我绝望地摇了摇头,说:"9 号被拉走了。"

1 号瞬间呆滞在了那里,像被孙悟空的定身法定在那里一样。

我没有心情理睬他,一头扎进圈舍,像一个醉酒的人终于找到了自己的家门。

二十四

前进的道路上不会一片坦途。这是一句经常被人们说道的话，但只有经历了事件发展过程的当事者，才能更深刻地体会其中的含义。

吸取了难产波折的教训后，夏洛莱牛与当地牛的改良工作沿着一条康庄大道高歌猛进。

成功改良后的品种呈现出如下特征：

与夏洛莱牛体形外貌一致，被毛为白色或乳黄色，骨骼结实，四肢强壮，全身肌肉丰满而发达，头小而宽，角圆而较长并向前方伸展，颈粗短，胸宽深，肋骨方圆，背宽肉厚，体躯呈圆筒状，后臀肌肉向后和侧面突出，常形成"双肌"特征。

生长发育快，成熟早，遗传性能稳定，适应性强，饲料报酬高，繁殖性能好，适于北部高寒地区养殖。

……

这些详尽的描述，包括有些专业性很强的词语，也是之后我从新闻媒体上了解到的，就如之后他们将改良后的牛售到香港一样。我常常想，如果没有新闻媒体，这个世界将会是怎样的？或许封闭、猜测、以讹传讹，甚而谣言满天飞，将会成为常态。

有人说"天不生仲尼，万古如长夜"。我觉得，世没有新闻，万古如长夜。后来又有人说，世没有网络，万古如长夜。"万古如长夜"，当然是一个比喻，但不管是哪一个版本，都表达出了相似的观点——大家对信息的获知欲是极其强烈的。

送往香港的是白牛分场育肥的四十多头改良种公牛犊。当时，白牛分场是不能将牛直接送到

香港的，而要通过内蒙古粮油食品进出口公司进入香港市场。据说这是内地首次向香港出售活牛，其对白牛分场意义之重大，不言而喻。白牛分场送去的这些改良牛各个指标都非常优越，到达香港后，就获得了香港进出口商品的"虎头奖"。

初战告捷的消息传回白牛分场后，极大地鼓舞了牧场的上上下下，极大地提振了他们的工作信心，极大地坚定了他们发展改良牛的决心。这三个"极大"，也是之后我在新闻媒体上看到的。

作为嘉奖，自治区政府当时奖给场里一辆汽车、两个电子计算器和三百吨进口小麦。

在当时，这是多么大的荣誉啊！

再之后，又有育肥改良种公牛犊出售到香港等地，先后一共出售了二百八十多头。那段时间是白牛分场改良牛工作的高光时刻。

多年以后，每当回忆起这些往事，当年在牧

场工作的人员依旧激动不已。他们说，对当地牛的改良，有过困苦，也有过成功。说到动情处，一位老者竟掩面而泣。男儿有泪不轻弹，只因未到动情处。那是一种对事业发展高度负责的悲喜交加——先悲而后喜。

作为同时代的一头牛，我见证了牧场改良牛事业发展的曲折与成功。为了改良牛事业的发展，牧场上下付出了太多太多，在那个不求回报的年代。

二十五

　　自从夏洛莱牛与当地牛改良工作取得巨大成效后，人们又开始一批批来到白牛分场。

　　白牛分场再次出现门庭若市的盛况，一扫当年走下坡路时门可罗雀的景象。

　　和当年首批纯种夏洛莱牛犊出生时的境况非常相似，先是前来学习、考察、交流、调研、看热闹的人群，随后就是各级各类媒体的记者，"长枪短炮"的"咔嚓"声、"叽叽喳喳"的吵闹声再次将安静了许久的白牛分场引向喧嚣。

　　这是一个趋利避害的世界。当你的事业发展得蒸蒸日上、如早晨八九点钟的太阳时，前来看望你、拜访你、联系你、亲近你的人能把你家的门槛踏破，你仿佛是这个世界上的名人，无论身在何处，人们都能找到你，趋之若鹜；当你身处困境或混得不如意如夕阳西下时，远离你、躲避你、疏远你、漠视你的人，让你家的门槛重新回归了安静，你仿佛成了这个世界里的瘟疫，人们避之唯恐不及，尽管你还是那个曾经的你。就如《名贤集》中的那句经典名言："贫居闹市无人问，富在深山有远亲。"

在经历了风风雨雨之后，对动辄就上了新闻媒体、动辄就成为新闻主角这些事，我已非常看淡。名也好，利也罢，不过是过眼云烟，如梦幻泡影，如露亦如电。

对频频前来的围观人群，我已有些不耐烦，尤其是他们对着我们拍照时，时不时会让我们做出各种各样的姿势来配合他们的需求。而他们的需求又千奇百怪，一人一个样，众口难调。

在那段日子里，给我留下深刻记忆的，是在同一天几乎同一个时间段来了两拨人，一拨是前

来采风的作家，另一拨是盟里的领导。

当地政府的一拨人负责接待作家采风团。由于时间已过去了好多年，当时负责接待工作的是镇里的人员还是旗里的人员，我已记得不太清楚。但作家和领导这两拨人，我记得一清二楚，这是两个比较特殊的群体。

我是在这两拨人走后才发现其中端倪的。

先前一步到达的是作家采风团，一共来了十多个人，手里拿着本和笔，装备有点像报社的记者，看上去有些寒酸，还有些土。不像电视台的记者，一个人手里拿着话筒，另一个人肩上扛着摄像机，那阔绰且自带诱惑力的阵势，无论走到哪里都自带流量，都能吸引来一片人气。有些人就想在电视镜头里露个脸，会有意无意地朝镜头覆盖的范围内蹭，在他们看来，一不留神，自己就有出名的可能性。

作家们刚在圈舍前站稳脚，负责接待工作的一人便说话了："各位作家老师们，二十分钟后，盟里的领导要来这里视察，所以留给大家的时间只有二十分钟，水就不给大家喝了，大家抓紧时间了解情况。"作家们面面相觑，觉得有些尴尬。但大家毕竟都是作家，不管写作水平怎么样，还是有些文化涵养和个人素养的，谁都没有说什么。在跟白牛分场场长大致了解了一些情况后，作家们匆匆忙忙地对着我们拍了几张照片。刚才说话的那人又说话了："大家赶紧上车吧，刚接到消息，盟里的领导马上就进来了。"作家们非常配合地挤上了把他们拉到这里的那辆汽车。司机早已不知在什么时候打着了引擎，就等着这群作家上来。车门刚一关上，司机就一脚油门踩下去，汽车像一只被人人喊打的过街老鼠仓皇"逃窜"了，丢下了一溜尘土。

可以明显地看出，与接待随后到来的领导相比，当地政府对这些作家们表现出了相当的不重视，应付差事的痕迹异常明显。

乘载着作家采风团的汽车刚刚离去，盟里的

领导就到了。地方政府的工作人员果然不是等闲之辈，对领导行程的掌握已准确到了以"分"为单位计。

几辆汽车几乎同时停到我们圈舍的附近。中间的汽车是盟里领导的车子，前面的车子是给领导的车子引路的，后面的车子是陪同领导视察的。

中间的车子刚一停稳，从后面的车子上快速下来一位男子，几步小跑就到了中间车子的跟前，以迅雷不及掩耳的速度打开了领导的车门，顺势做了一个请领导下车的动作——将一只手伸到了车内顶棚的边框处，怕领导下车时不小心碰了脑袋。

一位中年男子迈脚下了车，整理了一下衣服，眼睛看着前方，说道："这个地方不小嘛！"刚才给领导开门的男子满脸堆笑，回应道："是呢，场地足够大。"我发现，给中年男子开车门的男子，居然比中年男子年龄看上去还大一些。

这是什么情况？一般不是年轻人为领导服务吗？莫非在官场，在级别面前，年龄已可以忽略不计了？我一时有些想不通，便不再去想这些伤脑筋的东西。这些本来和我没有半点关系。

"不错，不错。"中年男子边说边朝我们的圈舍走来。跟在中年男子后面的人们一齐向圈舍的方向拥来。

刚才替领导开门的男子转过头朝身边的另一年轻男子扬了一下下巴，年轻男子立即会意，朝着我们一路小跑而来，连跑边"哞哞"地叫着，并不停地朝我们招手，说道："过来，过来，快点过来，让领导近距离看看你们的模样。"他可能确实有些着急了，以为我们能听懂他说的话。

我们确实能听懂他说的话，但懒得理他。每一拨到来的人，总有那么几个会学着我们的声音"哞哞"地叫几声，也总有那么几个会向我们招手示意，让我们配合他们。我们又不是动物园里的猴子！哼！

我径直朝着反方向走去。

不远处，一个姊妹正在低头吃东西，听到说话声后，不明就里地抬起头朝这边走来。

年轻男子以为看到了希望，赶紧朝那个姊妹叫道："过来，过来，再走近一些。哎，对，对，说你呢！笑一个，笑一个，让领导看看你可爱的模样。"我不知这位年轻男子是急昏了头，还是把平时说习惯的话不小心说秃噜了嘴，我们怎么会轻易"笑一个"呢？

那个姊妹这才反应过来是怎么一回事，"你让我笑一个，我就笑一个？"转身走开了。那男子听不懂我们的牛语，还在不停地朝着那个姊妹招手，说："哎，别走呀！怎么走了？"

中年男子已走到了圈舍前，从其他几辆车上下来的陪同人员也都围了过来，中年男子立即成了人群中的核心。顷刻间，一帮拿着照相机和摄像机的记者围了上去，"咔嚓""咔嚓"的响声环绕在中年男子的四周。这些记者是什么时候来的，我居然没有发现。事后我想，他们可能是和这位中年男子一起过来的，分乘了不同的车辆。

替中年男子开车门的那位男子在向中年男子介绍着白牛分场的情况，还不时向站在旁边的白牛分场场长故意确认着一些人们都已知悉的数据，以证明自己对这里情况的熟悉："改良牛现在已经是第三代了吧？""当年的第一代八百多头基础母牛现在应当已经都淘汰了吧？"……诸如此类的问题。

一头小牛犊好奇地将嘴巴伸出围栏的格栅，中年男子伸手摸了摸牛犊的鼻梁，说："这牛犊真可爱。"拿着照相机和摄像机的记者们又都赶紧捕捉这精彩的瞬间，"咔嚓""咔嚓"的响声又一次环绕在中年男子的四周。

那头牛犊的胆子确实不小，居然抬起头来用嘴巴嗅了嗅中年男子的手。真是初生牛犊不怕虎。中年男子显得很开心，说道："这头牛犊居然还和我互动呢。"说罢，他扭头朝白牛分场场

长问道："这头牛犊几岁了？"在听到场长的回答后，又问："这是纯种夏洛莱牛犊吗？"在得到答案后，又仔细瞅了瞅牛犊的睫毛，说道："咦，它的睫毛好漂亮哦，居然是垂直向下的。"

刚才那位不明就里的姊妹突然走过来，和我说了一句："你说新闻报道里的'饶有兴致'是不就是专门用来形容这位男子的这些举动的？"说罢，她的脸上露出了似笑非笑的表情。

"'饶有兴致'本来是一个中性词，但被媒体给毁了，现在似乎成了领导的专用词，沾染了一身官气。什么某某领导饶有兴致地观看了什么，某某领导饶有兴致地询问了什么……俗不可耐。"我还正说着，那姊妹竟走向了别处，看来她压根儿就没听我解释的意思，只是过来煽呼了我一下就撤退了。

中年男子又问询了几个关于白牛分场的问题后，显然已达到了此次视察的目的，转身向自己的汽车走去。那些跟在他身后的人群调转方向，继续跟在他身后。那位给中年男子开门的男子赶紧跨前一大步，帮中年男子再次打开了车门，又做了一个非常标准的"请"的动作——将一只手伸到了车内顶棚的边框处，怕领导上车时不小心碰了脑袋。他又轻轻帮中年男子关上了车门。汽车随即启动了。

那些从其他车辆上下来的人，迅疾返回到各自的车上，然后像来时的顺序一样，引路的引路，尾随的尾随，伴随着几缕汽车尾气，又都消失得无影无踪。

看着这两拨人来去匆匆的身影——前者是被动匆匆，后者是掌控匆匆，我不由得感慨了一声——"人不如牛"。

二十六

那一年，白牛分场的发展遭遇了滑铁卢。不但是白牛分场，就连国营达青宝拉格牧场也遭遇了同样的命运。

自那以后，数年之内，牧场再没有缓过劲儿来，直到第九个年头，才重新出现了生机。

在这漫长的数年间，牧场从之前的门庭若市变回了门可罗雀。

一部牧场夏洛莱牛的自身发展史和与当地牛的改良史，同样也是一部世态人情史。

我目睹了所有这些"史"。

受全国范围内家庭联产承包责任制影响，内蒙古率先在牧区实行了"草场公有，承包经营，

牲畜作价，户有户养"的"草畜双承包"生产责任制，将原先属于集体的牲畜分给了牧民。

这一政策直接涉及国营达青宝拉格牧场和白牛分场。场里的绝大部分牛被分给了牧民。

多少年后，新闻媒体对当时的"草畜双承包"生产责任制落实情况进行了报道，再现了分牛时的盛况。

80年代初，锡林郭勒盟根据中央关于农村牧区工作的连续三年三次1号文件精神及自治区搞好农村牧区改革，推行"草畜双承包"生产责任制的统一部署，于1982年开始对牧区落实"草畜双承包"生产责任制，像一把金钥匙，为广大牧民开启了大干快富的大门。

"那是1982年4月25日，一大早，嘎查领导骑着马来家里通知说要给牧户分牲畜了。我正在喝茶，放下茶碗就赶了过去。"胡日查毕力格老人对于36年前的这一天记

忆犹新。

而胡日查毕力格老人所在的额勒苏图宝拉格嘎查作为第一批落实"草畜双承包"生产责任制的试点嘎查，在锡林郭勒盟率先把牲畜分给了牧民。

当时胡日查毕力格家按 3 口人分得 66 只羊和 8 头牛。"往家里赶的时候那个兴奋劲儿，真是无法用言语表述。头一天还记着分，最多能挣个 1 块多，这一下就有了这么多属于自己的畜群，真的感觉做梦似的。"在老人的记忆里，当时，牧民们只要见了面，就齐夸党的政策好。1983 年的春节，有的牧民在自家门前贴上大红对联，写道："牲畜分到我的家，老婆孩子有钱花"，横批来个"党的政策好"。

"草畜双承包"生产责任制的实施，不仅从根本上改变了牧区的生产方式，还大大地解放了生产力，牧民们激情万丈地向着美好生活大步迈进。

这是一篇关于锡林郭勒盟另一个旗县对"草畜双承包"生产责任制落实情况的新闻报道,情况与国营达青宝拉格牧场所在的旗县基本相似。

"草畜双承包"生产责任制的实施,对于绝大部分牧民来说,受益是毋庸置疑的;但对于国营达青宝拉格牧场和白牛分场来说,冲击却是巨大的。

白牛分场培育近十年,育成的九百多头夏洛莱牛第一代至第三代改良牛被分给牧民自繁自养,直接影响了改良工作的连续性。第四代改良牛基本在牧户家出生,系统的称重、登记、建档等工作就此搁浅。

更致命的是,原先场里的二百多头纯种夏洛莱牛被压缩到了四十头,经费也从之前的十几万元压缩到了三万元。用三万元保种四十头牛,困难之大可想而知。牧场只能自己垫资。之前,虽

说经费是十几万元，但实际上是实报实销，即便花超了一些都没事。当然，经费花不了的时候需要再退回去。

随之而来的是牧场级别的降格。国营达青宝拉格牧场从20世纪50年代建厂时的副处级调整降低为科级，白牛分场也降为白牛小组。

一夜之间，无论是国营达青宝拉格牧场，还是白牛分场，都变得冷冷清清，处处都是肃杀之气，无论是场里的领导，还是普通员工，上上下下，情绪一落千丈。

我从场里职工的谈话聊天中以及牧工给我们添加饲料时垂头丧气、无精打采的举动里，知悉了这一事件的全部情况，并感受到整个牧场气氛的压抑。这是多年来我第一次觉察到笼罩在场里的异样氛围。

苏轼先生曾说，月有阴晴圆缺，人有悲欢离合，此事古难全。没有想到的是，这一次的"阴""缺""悲""离"这些人们不愿触及的情形，居然出现在了牧场，对牧场的冲击大到有点让人蒙圈儿。

在这之前，白牛分场的成绩可谓可圈可点。

在之后出版的《西乌珠穆沁旗志》中，有一段这样的记载："1979 年时，达青宝拉格牧场夏洛莱牛达到 52 头，并已累计生产冷冻精液 15 万粒以上……"

这是 1979 年时的数据，其实在五年之后，改制之前，这里的纯种夏洛莱牛已经发展到了二百多头。

"往者不可谏，来者犹可追。已而，已而！"这是乐观的 1 号在改制后和我说的一句话，我至今还记着。

二十七

时间按部就班地自行推进着，不管不顾。

"草畜双承包"生产责任制推行后，那些牛
犊或年轻的牛大多被分配给了牧户，我们首批到
达这里的十七头夏洛莱牛，被悉数留在了牧场。
就如单位里的职工，当被归入"四〇""五〇"
人员后，受欢迎的程度就大打折扣。牛也一样，
到了我们这个年龄，已经不再是被钟情的对象。
很多时候，已步入被嫌弃的行列。

当年我们可以自由进食、肆意溜达的六万亩
草场，绝大部分也被承包出去了，只给我们剩下
面积不算太大的一块儿地方。

活动空间的缩小，牛群数量的减少，使得我

们这批"故人"在草场里遇见的机会显得越发多了起来，而我与1号之间的聊天变得频繁且深入。后来我了解到，我们之间见面频次的增加，一个重要的原因是我们已过了最佳的繁育年龄段。尤其是他们几头公牛，最佳繁育年龄居然比我们少了好多年，黄金期早已过去了。也就是说，即便我们这些异性成天待在一起，也不会激起多少浪花。此一时，彼一时。牧场已不再把我们作为重点监管对象，我们享受到极大的活动自由。看在夏洛莱牛元老的分儿上，牧场依旧非常人性化地饲养着我们，没有将我们淘汰处理掉。这已是对我们极大的厚爱了，我想。

这几年，经历了岁月的打磨，世事的变迁，1号从刚来这里时指点江山、激扬文字的"毛头小伙子"，变成了从容淡定、成熟稳健的"中年男子"。这几年，经他配种的牛犊不知已有多少，不知已跨越了几代，说"子子孙孙无穷匮也"，毫不夸张。

　　这几年，自从送走了我的长子 9 号后，我又陆陆续续地生了八九个孩子，生下的母牛犊留了下来，生下的公牛犊都被盟冷冻站拉走了或者被其他省份以引种的方式买走了。几年下来，我一次又一次经受着母子分离的悲痛与打击，几近崩溃的边缘。庆幸的是，凭借着强大的心理承受能力，我仍旧坚强地活在这个尘世上。

　　匆匆几年间，1 号与我都已步入为人父、为人母的状态，虽然我们最终没能走到一起，彼此间那份情感却一直深埋在各自心底。

　　我与 1 号又非常默契地并肩走在了一起，也不知这是我们多少次并肩行走了。我们都已是"过来牛"，已没有了少男少女时的羞涩与矜持，就像一对无话不谈的知心朋友，严守着朋友的界限，没有越过这"雷池"一步。多少年来，别说拥抱了，我们连牵手都未曾有过。有时候我也会想，我们之间到底是一种什么关系？想来想去，终究想不出一个明确的答案来。我们可能就是那种精神上的知己吧？这不就是柏拉图式爱情吗？我也一直很好奇，不知他是怎么看待我们之间的关系的。但这样的问题我无法当着他的面去问，如果他不提出来的话。而事实是，他从来没有开口提到过，直到他生命终结的那一天。

"这段时间我一直在思考一个问题。"他开门见山说道。彼此之间太熟后，聊天就可以省掉中间的过渡环节，直奔主题。

"又有什么重大发现？"我笑道，感觉这颗脑袋一刻不停地在思考着问题。

"我想到了一个词。"

"什么词？"

"杂种。"他笑道。

"你怎么会想到这个词呢？"我有些惊讶，"这不是人们骂人时有时会用到的一个词吗？"

"其实从原始语义讲，这个词是一个中性词，毫无骂人之义，后来引申出了骂人的意思。但不管怎么引申，到目前为止，这个词还是有两

层含义，第一层就是它的原始语义。"

"哦？那你讲讲它的原始语义。"我很好奇。

"'杂种'的原始意思就是指杂交而产生的新品种，具有上一代品种的特征。先有'杂交'，然后才有'杂种'。而'杂交'又是一个典型的中性词，是指不同种、属或品种的动物或植物进行交配或结合。杂交分为天然杂交和人工杂交、有性杂交和无性杂交、远缘杂交和种内杂交几种。我们熟悉的杂交水稻、马与毛驴生的骡子，就是杂交的典型代表。"

我点了点头。

"与它相近的还有几个词，如'嫁接''转基因'等，但这几个词就没有引申出骂人的意思来。"他笑了笑。那笑容里，似乎对"杂交"引申出来的骂人意思有点惋惜。

"你知道的还真不少，那你一并给我讲讲这几个词呗。"

"嫁接是把要繁殖的植物的枝或芽接到另一

种植物体上，使它们结合在一起，成为一个独立生长的植株。嫁接能保持植物原有的某些特性，是常用的改良品种的方法。像梨嫁接苹果，南瓜嫁接黄瓜。"

"转基因呢？"

"转基因是从某种生物中提取所需要的基因，将其转入另一种生物中，使其与另一种生物的基因进行重组，从而产生特定的具有优良遗传性状的物质。所以，转基因可以培育出新的品种。转基因作物的种类主要有大豆、玉米、棉花和油菜等。"

"还有吗？"

"对了，还有一个词叫'克隆'。克隆是生物体通过体细胞进行无性繁殖，复制出遗传性状完全相同的生命物质或生命体。"

其实，这些词汇我之前也或多或少听说过，但我还是想从他的嘴里再听一遍。我无法说清其中原委，只是单纯地想听他说话。

"咱们还是再回到开头。你可能觉得挺奇怪，为什么我会突然想到'杂种'这个词。那是因为我觉得，我就是'杂种'的制造者。而且这个词也不是我突然想到的，而是想了很久。"说罢，他哈哈大笑了起来。

"这话怎么讲？"我有些疑惑。

"你想，我和当地牛配种，就是一种典型的杂交，我们杂交后生出来的后代，可不就是'杂种'了？当然，我说的是原始语义的'杂种'，不是人们骂人的那个'杂种'。"他解释道。

"倒也是这么一回事。不过，'杂种'这个词，现在虽然有两层含义，但一提到这个词，人们还是会立马想到它的第二层意思，即骂人的那一层意思。所以我一听到这个词，还是觉得怪怪的。"

"那咱们换个词？"他很认真地看着我。

"换个什么词呢？"我笑着问。

"混血儿?"他如获珍宝一样，兴奋得差点跳了起来。

"这个词好，挺时髦的。"我笑道。

"你考虑过没有，有很多品种发展到今天，也许早已不是纯种了，而是典型的'混血儿'。"

"这话又怎么理解?"

"你想，经过多年的发展演化，比如几年、十几年、几十年、数百年、上千年、数万年，甚至更久，也许很多物种早已是'杂交'而来的'混血儿'，而不是最初的那个品种，只不过时间久远，没有记载或无从考证罢了。像人们熟悉的鹦鹉鱼，其实也是由两种不同的鱼杂交而来的新品种。如果没有资料记载，他们的后代还以为他们就是纯种呢，谁会想到他们其实是'混血儿'。"

我又点了点头："从逻辑和推理上讲，你这个观点是成立的。"

"所以说，从理论上讲，不排除我们都是

'混血儿'。"他笑道。

"是呢，不排除我们都是'混血儿'。"我也笑道。

"说到这些，我又想起了我的母亲，也不知道这几年她过得怎么样。"1号说着说着低下了头。

"唉，是呢，也不知道远在他乡的父母过得怎么样。"我也叹息了一声。

我们的谈话氛围瞬间变得有些沉闷。

沉默了好一会儿，他又开口说道："想这些也没有用啦，还是面对现实吧。"

我点了点头，对他的观点非常认同。这几年父母音信全无，我知道，与他们相见，此生已不太可能。

"上次咱们谈到了理想与抱负的话题，这段时间我又想了很多。其实不管在宏观层面上为这个世间做点贡献也好，还是在中观层面上做一头'孺子牛''拓荒牛''老黄牛'也罢，这些都是些概括性的模糊表述，真正落实到具体行动中

的，还是在微观层面上。任何一项事业的成功，
都需要一步一个脚印去奋斗。对我们来说，就是
要实实在在地做一些具体的工作，让更多的夏洛
莱牛基因与当地牛基因结合，把改良牛事业做实
做大做强。我认为，这就是我们对这个世间最大
的功绩。只有这样，才没白来这世间一遭，才对
得起牛这一生。至于其他，不用去管，我们只要
问心无愧即可。人们常说，自古有天下国家者，
行事见于当时，是非公于后世。其实对于一头牛
而言，也是如此。"他稍微停顿了一下又说道：
"对了，你和我还有一些细微的差别，你的任务
是让纯种夏洛莱牛在这个国度里最大限度地繁衍
下去。"

我不住地点着头，以示赞同。我很诧异，在
我们接触的牛群里面，同样是相差无几的脑袋，
为什么他的脑子里思考的全是那么深邃且有社会
责任感的问题？同样是几颗模样、体积几乎相同
的脑袋，差别咋就这么大呢？

二十八

"草畜双承包"生产责任制推行后，虽然国营达青宝拉格牧场和白牛分场经受了巨大的冲击，但上到场长下到员工并没有心灰意冷，也没有意志消沉，同样也没有选择后来非常流行的一个词——躺平，而是在经历了短暂的心情平复期后，又坚强地站了起来，热火朝天地投入配种的工作之中。这就是一群打不死的小强。诗人艾青说："为什么我的眼里常含泪水？因为我对这土地爱得深沉……"我从牧场这种"生命不止，奋斗不已"的精神中，读出了艾青诗歌的意味。我也亲眼见证了他们从被打击到重新振作的整个过程。

白牛

《锡林郭勒盟志·家畜改良志》中有着这样的记载："……1981年由锡盟（国营）达青（宝拉格）牧场与锡盟农牧场管理局、锡盟畜牧兽医研究所共同完成，通过对夏洛莱纯种牛和改良牛的生产性能与生长发育规律的系统研究，为制定内蒙古肉牛新品种方案提供了科学依据。该成果1986年获锡盟科技进步三等奖。"

我常常被牧场的这些人感动着，这让我想起了之后在电视上经常见到的两句话，一句是"空谈误国，实干兴邦"，另一句是"一代人有一代人的使命，一代人有一代人的担当"。

一群人，一件事，一条心，一起拼，一定赢。在经过将近十个年头的发展后，牧场再一次迎来了高峰，仅纯种夏洛莱牛就达到了二百八十多头。

事后，我曾和1号聊起这些。他也感同身受，临了还不忘调侃一句："咱们这是牛眼看世界吗？"

"群众的眼睛是雪亮的。我们就是那些拥有雪亮眼睛的群众，尽管我们是一头牛。"我笑道。

"还有一句话叫'旁观者清'。我们就是那些看得很清的旁观者，尽管我们还是一头牛。"他也笑道。

二十九

天有不测风云，人有旦夕祸福。

谁也没有料到，数年之后，一场口蹄疫会来到这里。

据说，这场口蹄疫源于上游河流里一头感染了疫情的病死牛。这头病死牛是距离这里不远的一个旗县的一户人家扔出来的。事情最终的结果是，下游那些喝了这条河里的水的牛全都被感染了。

城门失火，殃及池鱼。

当地政府采取了紧急措施，将那些感染的牛全部扑杀了。

我是在事后知晓扑杀这件事情的，同时了解

到的还有扑杀时的血腥场面。当人们回忆起那些画面时，一个个无不唉声叹气。"太可惜了!""惨不忍睹啊!"这是他们在叙述这件事时，出现频率最高的句子。

在他们悲情的描述中，那惨烈的场面不时冲击着我加速跳动的心脏，听得我头皮一阵接着一阵发麻，浑身不停地打哆嗦。兔死尚且狐悲，况乎同类?我痛心疾首。

据他们讲，当时被扑杀的牛有六千多头，掩埋前尸体堆满了整个山沟。在高高的山岗上，在远离水源的地方，推土机推出三米多深的坑，将这些可怜的同类深埋了进去。被同时扑杀的，还有一万多只羊。

一个人听后问道:"这口蹄疫非得扑杀吗?没有其他可以采取的措施吗?"

另一个人回道:"口蹄疫是影响畜牧业最重要的传染病之一，世界动物卫生组织将其列为 A类传染病之首，我国将其列为一类动物传染病。

一旦发现口蹄疫疫情，要立即上报。确诊后，要划定疫点、疫区，并实行封锁。要严格封死疫点，坚决扑杀病牛和同群牛，并对尸体及其污染物进行焚烧、深埋等无害化处理。对病牛污染的场所要进行彻底消毒。要禁止疫区的牛、羊、猪等易感动物、有关畜产品和饲料外调，非疫区的家畜严禁进入疫区。对出入疫区的交通工具和人员必须全面消毒。在扑杀病牛后，观察三个月，确无新病例发生时，可由当地政府宣布解除封锁，表明该次疫情已扑灭。"

感觉这人解释得非常专业，那人听后便不再作声，只是长长地叹了一口气。

另一人又问道："当时对这些被扑杀的牛和羊焚烧了吗？"

"当时没有专业的焚烧设备，简单焚烧的话根本烧不干净，所以直接深埋了。"前一人又回答道。

和讲述者描述的基本一致，当地在第一时间

对牧场进行了隔离、封锁，外面的人和动物一律不准进来，里面的人和动物一律不准出去。

在那段日子里，我们寸步不离牧场大院，连草场都不允许去了，活动空间被大大缩减。我们所在的圈舍除了正常的清洁工作外，每天还要进行数次消毒。就连我们的身上每天也被喷上了消毒液，防止有任何异常情况出现。

我们终究是幸运的。牧场里的牛躲过了这场灾难，没有一头被感染。

在这次疫情中遭遇不测的，绝大部分是牧户手中的高代改良牛——由夏洛莱牛和当地牛配种后的高代改良牛。高代改良牛的一个特点就是抵抗力弱，发病率高。相比之下，低代改良牛的抵抗力要强一些，发病率也低一些。所谓高代改良牛与低代改良牛，指的是经过第几代改良而言的。第一代改良牛属于低代改良牛。经过几代改良后，比如到了第四代，则属于高代改良牛了。之前，我对这些称呼也不甚了解，听得次数多了，自然也就明了了。活到老，学到老，对人适用，对牛也是一样的。

据说，补偿工作也随即展开了。鉴于当地财政并不怎么充裕，尽管政府对牧户进行了补偿，但补偿的金额与一头牛或一只羊在市场上相应的售价有很大的差距。最受打击的就属那些养殖大户了，当看着曾经"六畜兴旺"的院落里，只剩下一条狗在向自己摇头摆尾时，对他们而言，无疑是一场灭顶之灾。男人们终究还是抗打击的，整天沉默寡言地蹲在墙根儿下，狠命地吸着嘴里的香烟，像是这烟与他们有着不共戴天的仇恨似的，又像这烟给他们带来了疫情，他们要吸尽这烟中的烟火，吐出心中的百般怨气。女人们则无法做到这般矜持，成天痛哭流涕，以泪洗面，神情恍惚地呆坐在院中，度日如年般迎接着那漫长黄昏的到来。而在往常，她们早该为即将外出归来的家畜们准备夜间的饲料了。

当听到人们讲述这些场景时，我心里特别不是滋味。尽管我没有亲眼见到他们悲伤时的模样。但我终究是一头满含恻隐之心的善良的牛，见不得这人间悲剧，不论这悲剧是否发生在我们牛类身上。

在关键时刻，牧场再一次站了出来，用场里的纯种夏洛莱牛对那些受损严重的养殖大户进行了补偿。犹如乘坐过山车一样，牧场里牛群的数量再一次减了下来。

与牧户的损失不同，口蹄疫的到来，让全盟的当地牛改良筹备大会遭遇了尴尬。根据会务安排，请帖提前都发了出去，很多单位已经开始入驻，大会马上就要召开了，但偏偏在这个时候，口蹄疫来了。一切工作全都停止了。事后，那些原本准备参会的人们互相调侃道："我们这是参加了个寂寞！""是的，我们确实是参加了个寂寞。"

对于给牧户带来惨重损失的这次口蹄疫事

件，有人发出疑问：为什么不提前给那些牛打疫苗呢？一个口蹄疫为什么能带来如此大的损失，没有应急措施吗？……

经历了这次疫情，一些词开始进入人们的视野，丰富着他们原本并不充盈的词库，比如"口蹄疫""五号病"，比如"隔离""封控""无害化处理"……这一点，从人们谈话中偶尔流露出来的表述得以印证。

等疫情过后，一切都恢复正常时，牛群又走出牧场，来到了草场。大家见面后，突然有了一种久别重逢和他乡遇故知的感觉。在经历了生死，尤其是与死神擦肩而过后，有了一种"除了生死，其他都是擦伤"的豁达。当想到那些曾经熟悉的面孔一个个已离开这尘世时，顿时觉得命运对自己多了一份眷顾。活着，是多么幸福的一件事。走出牧场，来到草场，又让大家体会到了自由的可贵。当平时拥有自由且无拘无束时，觉察或体会不到自由的价值，一旦失去了自

由，才知道它的可贵。就如平常呼吸惯了有氧的空气，不觉得甚而忽略了它的存在，当缺氧或无法正常呼吸时，才知道氧气的可贵。

经历了这次灾难的打击，1号的精神状态明显不如从前。在这死去的六千多头牛里，不知有多少是他的子女或子女的子女，甚而辈分更小。最为关键的是，那些牛被扑杀时的惨烈画面，他也悉数听说了。我觉得，比起口蹄疫的普遍性无差别攻击，这些无法直视的扑杀画面给了他致命一击。

那些幸免于难的牛犊毕竟年龄还小，尽管同样经历了生与死的考验，但他们很快就忘掉了这些，仿佛那些事情已与自己毫无瓜葛，彼此已说了"再见"，是"再也不见"的"再见"。在一些微不足道、无关痛痒的小事上，他们依旧会打闹与争吵。但经历过的东西终究是有记忆的，在他们争吵的台词里，后疫情时代的烙印如幽灵一样不时出没着，像偶尔就会来刷一波存在感。比

如，一头牛犊会朝着另一头牛犊吼道："你小心得口蹄疫!"另一头牛犊怒而回道："你才得口蹄疫呢! 你们全家都得口蹄疫!"

三十

福无双至，祸不单行。人们还没有从口蹄疫事件中缓过劲儿来，另一件更没想到的事情又来了。而这一次，大家生活了多半生的"家园"——国营达青宝拉格牧场改制了，白牛小组随即也不复存在。

那是一个大雪纷飞的午后。几头牛被从牧场牵了出来，里面就有我和 1 号。岁月果真是一把杀猪刀。当年我们一同前来的十七个小伙伴中，十五个已先后离开了这个世界，唯独剩下了我和 1 号。不知道是我俩的寿命确实长一些，还是彼此牵挂着对方，不忍自己提前离去。

漫天飞舞的雪花夹杂着西北风力道十足地摔

打在我们的身上和脸上。一会儿的工夫，头顶、脸颊、脊背、肚子、臀部、尾巴上就是一层不厚也不薄的积雪。在白茫茫一片的世界里，踏雪而行的我们，像是一群漂泊的过客。一辆卡车停在牧场的大门口等候着我们。沿着呈斜坡铺设的铁板，我们轻车熟路般走进了卡车的车斗。一切都是熟悉的场景。这样的场景我们已经或经历或见识过多次。卡车以并不缓慢的速度驶离了牧场。这个曾带给我们无限惆怅，但更多是无限欢乐的地方，就这样渐行渐远，直至被这白茫茫的世界所湮没。

这么多年来，但凡有卡车在我面前出现，一定没有什么好事情。无论是我最初离开法国的农场，还是最终来到这里，把我带走的都是卡车。就连我大儿子9号被调到锡盟冷冻站，拉走他的依旧是卡车。之后，先后拉走我若干儿子的，同样是卡车。以至于后来我一见到卡车，就会有条件反射，心里瘆得慌。一朝被蛇咬，十年怕

井绳。

几个临时搭建的简易圈舍，是我们新的落脚之处。

没有对比就没有差别。看着这实实在在的"寒舍"，大家开启了互相调侃的模式。有的说："咱们的生活待遇有点像九十岁老人过年——一年不如一年。"也有的说："咱们的使命已经完成，根据'狡兔死，走狗烹；飞鸟尽，良弓藏；敌国破，谋臣亡'的规律，没把咱们杀掉，就已经算不错了。"还有的说："这就如消费时所办的 VIP 会员，刚开始还挺尊贵，后来就很卑微了。"又有的说："知足吧，活到这份儿上，有个地方住就不错了，要啥自行车呢？"又有的说……

事后我们才知道，我们又一次更换了主人。新的主人原本是在国营达青宝拉格牧场工作的，但牧场已经改制，不复存在了。新主人被买断了工龄，作为补偿，场里给了他一些实物，我们就是这些实物中的一种。

从更换新主人的那一刻起，我们从国营牛变为了个体牛，完成了身份的终极转换。如同一个吃财政饭的国家公职人员，因为某个原因，突然就变成了体制外人员。

事后我们听说，国营达青宝拉格牧场改制的原因是当地政府觉得牧场无法偿还其上级主管部门下拨的数百万项目贷款，于是以资不抵债的方式通过第三方将牧场申请了破产。在员工安置方面，则以实物等进行补偿，买断了工龄。随后，当地政府将国营达青宝拉格牧场改制变为达青宝拉格苏木。至此，国营达青宝拉格牧场消失在历史的尘埃中。我们成为这个牧场的最后一代子民。

除了这个主流版本外，我们还听到了其他几个未经考证的支流版本。

有人说，当时有些干部职工没有缴纳社保，于是用牧场里的牛做了抵顶，而社保局对饲养牲

畜是外行，于是转交给了畜牧局，一并转交过去的，还有牧场的草场。

还有人说，当时牧场的经营状况还没有达到破产的程度，这里面有人为因素的推动。

也有人说……

鉴于时间已过去了几十年，我们又不是当时政策的决策者，我们只是政策的被动执行者，很多事情，只是听听而已。面对改制的既定事实，准确的原委已显得并不那么重要。

不管是哪一个版本，国营达青宝拉格牧场的改制，对纯种夏洛莱牛的繁衍以及夏洛莱牛与本地牛的改良工作冲击之大，是有目共睹且无可争议的。

三十一

这是我与 1 号最深入的一次谈论人生，或曰牛生。

之后，他的身体便每况愈下，我们再也没有像往常那样海阔天空地交谈过。在他生病的那段日子，虽然我每天都会雷打不动地去看他，但当看到他并不舒适的身体以及强忍痛苦的脸庞，许多话到了嘴边又都咽了回去。很多时候，我们只是默默地卧着，相对无言。说话，对他来说，已是一件非常痛苦的事情。

那一天的谈话，是在他状态稍稍好一些的情况下进行的。知道自己已来日无多，他不想让这对他来说已异常珍贵的时光白白流逝。虽说是状

态稍微好一些，他也是强咬牙关进行的。那一天，无论是我们聊天的内容，还是他的神情容貌，至今历历在目，我无法忘记。

"有好长一段时间，我总觉得力不从心。年纪大了，就不中用了。"他开口说道。

"定期体检时，医生怎么说？"

"他们说我是正常的器官衰老，没有什么大的疾病。"1号平静地说着，"就如一株草，春天时发芽，夏天时茂盛，秋天时枯黄，等一股劲风吹来，就可能被吹折了。诗人岑参所写的'北风卷地白草折'就是这个意思，嫩绿的青草是很难被风吹折的。人生又何尝不是如此？呱呱坠地时，就如同春天刚刚发芽的小草；年轻力壮时，就如同夏天长势喜人的青草；风烛残年时，就如同秋天干枯发黄的衰草，稍遇磕碰，可能就一命呜呼了。有时候不用磕碰，也离一命呜呼不远了。生老病死是自然界的规律，谁都无法改变，草也好，人也罢，同样也适用于咱们牛。"

"庄子说:'人生天地之间,若白驹之过隙,忽然而已。'总觉得我们来到这个世界还没做什么事情,还有很多事情等着我们去做,这一生就匆匆过去了。回首往事,尽是碌碌无为。"我感慨道。

"这就是人生。每一个人,少年时都曾梦想着自己能叱咤风云、笑傲江湖、独领风骚数百年,自己就是那个'江山代有才人出'中的'才人';等到了中年,经历了跌跌撞撞与四处碰壁后,突然觉得理想很丰满、现实很骨感,于是开始感叹怀才不遇、命运不公、老天不睁眼;等到了晚年,才知道一切都是过眼云烟,如梦幻泡影,如露亦如电。"他稍微停顿了一下,"其实不止是人生,牛生也是如此。"

我点了点头:"宋代词人蒋捷在《虞美人·听雨》中说:'少年听雨歌楼上,红烛昏罗帐。壮年听雨客舟中,江阔云低、断雁叫西风。而今听雨僧庐下,鬓已星星也。悲欢离合总无情。一

任阶前、点滴到天明。'与你的观点有异曲同工之处。"

"我也是在经历了一些事情后，才总结出了这些东西，未必正确。"他谦逊地笑了笑，"其实不单是我，是这么多年来，咱们共同经历了很多事情。少年时就获得全国大奖，佩戴大红花，那是何等的春风得意、意气风发；之后被优中选优，作为'国礼'来到中国，成为中法两国友谊的桥梁，承载着周恩来总理的重托，培育纯种夏洛莱牛，发展改良牛，推动地方畜牧业发展，又是多么重大的责任、光荣的使命；再之后，改良牛难产、'草畜双承包'生产责任制推行、口蹄疫发生，一波接着一波，消磨着我们的意志，打击着我们的信心；到最后，牧场破产改制，畜牧局着手接管，大家颠沛流离。'山重水复疑无路，柳暗花明又一村。'作为国营机构的达青宝拉格牧场虽然已不复存在，白牛分场也变更为种畜公司，但数以万计的改良牛大规模地进入寻常百姓家，草原牧民走上了增收致富的路子。这一路走来，我们虽然历经坎坷，但终究不负重托。所以，回想这一生走过的路，何所谓得？又何所谓失呢？"

1号就是这么一头牛，嘴里说的，也是他心里想的。在他的大脑里，没有"口是心非"这个词。相识这么多年来，我最欣赏他的也是这一点。

"其实人们所谓的得失，未必就是真的得失。"我接过了他的话茬儿，"人生如棋，不能在乎一时的得失。况且，塞翁失马，焉知非福？我们在这里失去的，也许在那里就得到了。我们当初以为是失去的，过后才发现，并没有失去；我们当初以为是得到的，过后才发现，并没有得到。这个世界不但能量是守恒的，得失也是守恒的。不可能让一个人一直失去，也不可能让一个人一直得到。"

1号会心地看着我，眼里满是欣慰。他曾

说，他特别高兴能在这里遇到我这样一个知音。这也是为什么在众多的异性中，他常会与我促膝长谈。

"一个生命个体只有看淡了得与失，才有可能接近更高一层的修为——放下。"

"你什么时候开始研究佛法了？"我笑道。

"佛法太高深，研究不敢谈，我只是在悟一些道理。"他也笑道。

"你已经悟得很深了，小心遁入空门。"我打趣道。

"只要心中明了，又何须遁入空门？"他大笑道，"很多事情，形式不重要，重在实质，所以才有'酒肉穿肠过，佛祖心中留'一说。"

"但据说这句话后面还有两句呢，叫'世人若学我，如同进魔道'。"

"凡事还是要辩证地去看。"他听后笑了笑，对我提到的后面那两句话既没有否定也没有肯定。

白牛

　　我突然发现我打断了他刚才的思路，我想听听他对人生的高见，不，应当是对"牛生"的高见。其实，人生又何尝不是牛生呢？"你是什么时候'放下'的？"我接上了他刚才的话题。

　　"我可不敢说我已'放下'，我只是在努力做一头看淡得失、尽量'放下'的牛。"他笑道。

　　"放下和没放下，又怎么去衡量呢？"我笑问。

　　"放下就是，砍柴时想着砍柴，挑水时想着挑水。"他笑道。

　　"那没放下呢？"

　　"没放下时，砍柴时想着挑水，挑水时想着砍柴。"

　　"哎呀，厉害啦！"我调侃道。

　　"我可没那么厉害，我只是把听过的故事又讲给你听。"他又笑道。

　　"不管是你听到的，还是悟到的，证明你的

认识已经达到或者接近这一境界了，否则你是不会认同这个观点的。"

"知者不言，言者不知。我还真是皮毛。《五灯会元·卷十七》中记载，青原惟信禅师曾说：'老僧三十年前未参禅时，见山是山，见水是水。及至后来，亲见知识，有个入处。见山不是山，见水不是水。而今得个休歇处，依前见山只是山，见水只是水。'这段话后来被人们总结为人生的三重境界，即'看山是山''看山不是山''看山还是山'。如果非要往上靠的话，我就属于那第二个层次，说你不知道你还知道点，说你知道你也就知道个皮毛。"说罢，他又哈哈大笑了起来。

我们就这样有一出没一出地谈着，一直谈到临近回圈舍的时间，我才匆匆离去，但依旧有些意犹未尽，恋恋不舍。看得出来，他今天的心情很好，情绪也很高。

三十二

回首往事，我们最大的欣慰是让夏洛莱牛与当地牛的改良工作开花结果，这也是我和1号曾在谈话中多次提及的事情，虽然他先我一步已长眠于这片他后来特别热爱并钟情的土地，对改良牛繁衍壮大的结果并不知情。我想，如果他在九泉之下知道这个消息的话，一定会很开心，是异常开心的那种开心。

改良牛的养殖主体基本集中在了家庭牧场。

在之后的新闻报道中，我了解到家庭牧场的发展情况。

无论是国营牧场，还是家庭牧场，50年不改初衷，培育出了有稳定优良品质的

"乌珠穆沁白牛"新品种。

与我们纯种的夏洛莱牛乳名"白牛"相对应，改良牛也有了一个新的名字"乌珠穆沁白牛"。有点意思。

新闻媒体还特意采访了一些具有代表性的养殖大户。

巴彦宝拉格嘎查的朝鲁门格日乐饲养了180头"乌珠穆沁白牛"，自家有5000亩草场，又租了2000亩草场。从2003年开始的50多头开始饲养，已有20年的岁月。

……

"50年间，我们经历了'草畜双承包'生产责任制、国营牧场改制、撤乡并镇等一系列改革。虽然过去国营牧场的牛群成了牧民家的私有财产，但我们对白牛的喜爱一直未变。"巴彦宝拉格嘎查牧民吉日木图深有感触地说。如今，从小就喜欢白牛的他养了90头牛。其中，育龄母牛就有88头。

白牛

与吉日木图一样，洪格尔敖包嘎查牧民丛培国也是养殖白牛大户，更是盟级核心群养殖户。

目前，西乌珠穆沁旗有像丛培国一样的盟级良种肉牛核心群养殖户6个，种牛场2处，均分布于浩勒图高勒镇，已建立较稳定的良繁体系，具备供种制种能力。

如今，西乌珠穆沁旗共有800余户从"乌珠穆沁白牛"养殖中尝到甜头，依靠着白牛实现了富起来。

......

看着新闻报道里的这些数字，我笑了，几滴热泪情不自禁地流了下来。局外人看到的只是一些数字和故事，我读出的却是欣慰。唯有亲身经历过，才能更深地体会其中滋味。

三十三

1号卧地不起已有些时日。我感觉得到，他在这个世界上逗留的时间已经不多了。

我依旧雷打不动地每天过去看看他，偶尔会说上几句话，但更多的是相对无言。

然而，陪伴总是短暂的。

没有想到，那一天的聊天竟成了我们的永别，尽管我非常不喜欢"成了我们的永别"这句话。之前，我一直侥幸地认为，他还会在这个世界上多撑几天。

见我进来后，他朝我笑了笑。我感觉他今天的状态挺好。

我知他说话困难，默默地待在他身旁。

沉默了好一会儿，他开口说道："我曾在一本杂志上读到过几句诗，写得特别好，意境也特别美，我想读给你，你愿意听吗？"

我点了点头。

"其实我早就想读给你听，但一直没有勇气。可我知道，今天我再不读给你听的话，这一生恐怕再也没有机会了。我觉得，我将很快离开这个尘世了。"说到这里时，他有些哽咽，泪水在眼眶里打转。

"能给你留下深刻印象的，一定是好诗。你喜欢的诗，一定也是我喜欢的。"我预感到他说的这几句诗，一定是埋藏在他心底多年的诗，否则他不会在弥留之际读给我。这样的诗，又何尝不是我一直想读给他听的？在这个世界上，没有勇气给对方读诗的，又何止他一个？

他停顿了一下。我不知道他是在生命的最后时刻身体已不由他做主，还是他有些害羞，或者二者兼有，刚才还挺好的状态，瞬间急转直下。

"浮世三千，吾爱有三，日月与卿。日为朝，月为暮，卿为朝朝暮暮。"他慢慢说着，有些费力，一双大大的眼睛盯着我的双眼，一对白色的漂亮的睫毛齐齐下垂着。

他刚读出第一句，我的眼泪就不由自主地流了下来。这几句诗我太熟悉了，多少个日夜我都在默诵着这几句诗。我一直想把这几句诗读给他听，但终究没有开口。今天，居然从他嘴里读了出来。命运啊，为何如此弄人？既让我们有缘相会，又让我们无缘相爱。我们想读给对方的，居然是同一首诗。这是为什么啊？

"浮世万千，不得有三，水中月，镜中花，梦中你。月可求，花可得，唯你求而不得。"我泣不成声地读出了这几句诗，泪水已毫不掩饰地沿着脸颊滴落到地上，震起数粒尘埃。

"我们果真是心有灵犀，我就知道，你一定也知道这几句诗。"他费力地说着，像要用尽在这尘世间的最后一口气。

白牛

"世间安得两全法，不负如来不负卿。"我不知道我是怎样让嗓子发出这几个音的，泪水与抽泣让我无法正常说话。

"这一世我们情深缘浅，来世我们一定做一对夫妻。"他艰难地说完这句话后，闭上了眼睛，大口大口地喘着粗气。对于他来说，说话已是异常奢望的一件事。有人说，我们要用两年的时间学会说话，而要用一生的时间学会闭嘴。这句平常看似正确的话，在那一刻多么经不起推敲。闭嘴，还需要用一生去学吗？在生命快要终结的时候，能张开口说话，那是多么大的幸福啊?! 那一刻，我多么希望他能正常说话，或者能多说几句话，我害怕他突然闭上嘴巴，我再也听不到那熟悉的声音。

"我看到我的母亲了，她在向我招手，我想我的母亲了，我要去找她了。"停顿了好一会儿后，他突然像在梦呓一样，断断续续地说着。

我心里一惊，他开始说胡话了。看来，他已

248

无法自主自己的意识了。

"我们这一生再也见不到父母了，看来真的要终老他乡了。死后也不能和父母埋在一起了。"听到他说起母亲，我想起了我的父亲和母亲。精神恍惚的我，不知是在自言自语，还是在回应他刚才那句胡话。

"埋骨何须桑梓地，人生无处不青山。"他突然睁开眼睛又开始说话了，每个字的发音那么清晰，与刚才的状态形成了强烈的反差，"我们虽然出生在法国，但我们一生的绝大部分是在中国度过的。日久生情，我早已把中国当成了自己的家。我觉得，我就是中国的一头牛。当然了，我们最初是肩负着法中友谊的使命来到这里的。我们终究不辱使命，完成了这一光荣而艰巨的任务，中法友谊将会地久天长。其实，放眼望去，同一个世界，同一片天空，地球就如同茫茫宇宙中的一个小村落，我们就是这个小村落里的命运共同体，又何分彼此？"说到这里，他突然笑了起来，"如果让人类知道我们又在思考啦，他们会不会又要发笑?"

我本来心情沉重，被他最后一句话逗出了笑容，但笑容里全是泪水。

从他之前表述时常用的"法中友谊"，到后来经常挂在嘴边的"中法友谊"，两字的顺序变化，反映出来的是他内心的认同。能感受得到，他真正爱上了中国，真正把这个国家当成了自己的国家。这一点，与我有着高度的相似。他的这一心理变化，又何尝不是我的心理变化? 我们之间有太多的相似之处。

看着他突然间的精神饱满，我想到了人们常说的"回光返照"。看来，他真的要离开这世间了。

我将身子扑了过去，头紧紧地挨着他的头。他报我以同样的温柔。

我满眼的泪水肆无忌惮地滴落在他的脸颊上。"认识你，是我一生的荣耀。爱上你，我此

生无悔。"我终于说出了埋藏在心里多年的话。这些话平时是无法张口的，就如他一直没有勇气向我表白一样。

"你说得对，'埋骨何须桑梓地，人生无处不青山'。"没等他说话，我接着又说了一句。这是我此生与他说的最后一句话。

他微笑地看着我，两行热泪奔涌而出。那微笑里饱含欣慰。

我目不转睛地盯着他，想把他的音容笑貌全都记下来，没有半点遗漏。这是我在这世间看他的最后一眼⋯⋯

他缓缓地闭上了眼睛，将头歪向了一边。

在这个国度里，最爱我的牛，永远离开了我。

那一刻，我想到了天堂。他一定奔赴了那里。天堂一定很美，他才会一去不回。如果天堂真的很美，我也希望他不要再回来，我怕他看到在这世间哭泣的我，会掉眼泪。

三十四

让人没有想到的是，几年的时间，我们的新主人就将养殖规模翻了好几番，一扫我们刚投奔他时的寒酸。

我成了当地最后一头享受"国礼"称呼的夏洛莱牛。

因为我的到来，很多对当年那段历史感兴趣的人们会前来主人的牧场参观。他们都想看看当年那批带着传奇色彩跨越重洋万里迢迢来到这里的夏洛莱牛，到底是一头什么样的牛。

人们看到一大把年纪的我时，就会发出惊奇的赞叹声："这就是当年来咱们国家的那批'国礼'夏洛莱牛？就剩这一头了?!""这头夏洛莱

牛寿命可以啊，居然还活着?!""这么大年纪了，这头牛还这么精神?!""这头牛是要长命百岁的节奏啊!"……

在一片议论与感叹声中，新主人耐心地解释着他们提出的五花八门的问题。

参观的人们拿起手中的手机，横过来，竖过去，不停地拍着。我惊奇地发现，几十年过去了，他们拍照的器材也发生了变化。当年人们肩上背着的笨重相机，现在已很少能看见了，一部轻巧的手机成了他们的必备品。这几十年来，我也见证了他们手中通信工具的变化。最早时，我不曾见到他们手中有所谓"手机"这么个东西。后来，他们在圈舍跟前参观时，腰间别着的长方体东西总是"嘀嘀"地响，他们说这是"传呼机"。再后来，有的人身上突然多出一个像将一块儿砖头劈成两半的东西，他们说这叫"大哥大"。再后来，各种型号、款式的手机出现在他们的腰间，有人在裤带上别一个硬壳，专门用来放置手机；有人用一根伸缩链一头拴着手机一头拴着裤襻。再后来，装手机的硬壳和拴手机的伸缩链一夜之间突然就不见了，像接到了统一的指令。再后来，他们来到圈舍时，手机这头的人居然能看到手机那头人的画面，手机那头的人同样能看到手机这头人的画面，他们说这是视频通话。再后来，各种各样的人来到这里，随身携带着支架、手机、麦克风，张嘴一个"家人们"，闭嘴一个"家人们"，与手机屏幕外的粉丝互动着，他们说这叫"主播直播"……

我突然发现，几十年来，夏洛莱牛在这里的落地发展史以及与当地牛的改良史，也是一部通信技术的发展史，两者相互见证，并一同向前发展着。

新主人的养殖规模在当地已是首屈一指。在他的家庭牧场，仅夏洛莱牛与当地牛的改良牛就有五百多头。在硬件上也是可圈可点。比如，畜棚三千平方米，棚圈三千平方米，储草棚五百平方米，水井两眼。在生产设备方面，有打草机八台、捆草机和搂草机各两台、拖拉机四台、粉碎机和搅拌机各一台、全混合日粮搅拌机一台、撒料机一台、铲车和农用车各一辆……

电子监控是牧场里必不可少的装备。主人在牧场里安装了许多摄像头，实现了安防的无死角全覆盖零遗漏。打开手机软件，他就可以将牧场的情况尽收眼底。

主人还在每头牛的身上安装了一个微型定位设备，哪头牛走到了哪里，所处的具体位置，一目了然。就连每头牛每天走了多少步，也一清二楚。

偌大的牧场完成一圈巡视，费事又费力，于是，主人启用了无人机。只需操作手中的遥控器，牧场的实时动态全部显示在了屏幕上。

现代化的智能手段在主人的牧场里已全部派上了用场。

遥想当年，我们刚到国营达青宝拉格牧场

时，用"交通基本靠走，通信基本靠吼，治安基本靠狗"来形容，并不为过。"神女应无恙，当惊世界殊"用在这里，也是非常合适的。

除了这些，主人在牛群平常饮水的设备上加装了温控装置，将水温调高，让牛喝到肚子里的水也是热乎乎的，与冬季里冰凉刺骨的冷水彻底"拜拜"了。用主人的话说就是"冬天喝凉水时，不再龇牙咧嘴"了。有人曾问主人，怎么会想起给水加温？主人憨厚地笑了笑，反问道："你在冬天喝酒时，是直接将拔凉的酒水喝到肚子里呢，还是先把酒瓶温一温，然后再喝呢？"问话者像恍然大悟："酒道通水道？道道相通！"主人又笑了笑："酒水不分家嘛。"问话者敬佩地点了点头。主人又说道："其实几千年前，我们的先人就讲究喝酒时给酒加温了，所以才有关羽'温酒斩华雄'、曹操与刘备的'煮酒论英雄'。那个时候，他们就不喝拔凉的酒了。"问话者脸上仿佛露出了崇拜的神色，说道："干啥

都得有文化，养个牛都得具备一定的历史知识，怪不得你能做大呢，原来是文化在后面支撑着呢！你行！你真行！"主人的这波温控操作带来的直接效应就是保住了牛群在冬季里的膘情，将饲料的利用率提高了百分之二十至百分之三十。动物其实和人一样，有时候需要人性化关怀，有时候还需要"娇生惯养"。

对那些刚出生的牛犊，主人在圈舍里为他们配备了专用的"两件套"。当然，这些东西同样是为了应对北方寒冷的冬季。"第一件套"是在圈舍里安装了浴霸。冬天里的浴霸可不是用来洗澡的，而是用来取暖的。人们洗澡时用到的东西，这些牛犊在牛圈里已经享受到了。"第二件套"是牛床。为了给刚出生的牛犊提供一个干净、舒适、干燥的环境，主人特意在圈舍里铺设了牛床，保证了地面的干燥和卫生。一系列"神操作"下来，即便在寒冷彻骨的冬天，圈舍里依旧温暖如春。作为回报，牛犊的成活率直接达到了百分之九十八。多站在对方的角度去思考问题，往往会收到很好的效果，即便对方是一头牛。

我虽然没有亲眼见过大型现代化牧场究竟长啥样，在领略了主人牧场里的这些科技设备后，我觉得现代化牧场应当就是这样吧？

那一天，主人一脸高兴地走进院子，手里捧着一张类似奖状的东西，我走近瞄了一眼，上面写着"锡林郭勒盟肉牛核心群认定证书"，落款是锡林郭勒盟农牧局，上面还有一个红色的印章。显然，主人的牧场又提升了一个档次。

我每天无忧无虑地在主人的草场上吃草、喝水、闲逛、打盹、晒太阳，看那些年轻的被毛、体形与我一模一样的由夏洛莱牛和当地牛改良后被当地称为"乌珠穆沁白牛"的牛，在这里嬉戏和打闹。

如果查看谱系，这些牛都是我们的后代或晚辈。在这个地方，我们首批到来的十七头夏洛莱牛是这些"乌珠穆沁白牛"真正的祖先，单从他们的外貌特征就可以看出个八九不离十。我们夏洛莱牛一个显著的特点就是被毛呈白色，基本遗传了父系在这方面的强大基因。

看着成群结队的后代和晚辈们在草地上吃草、饮水、嬉戏，我会不经意地露出一丝微笑，一丝年岁越大越明显的微笑，一丝五十年来我的主人们从来没有发现过的微笑，尽管每一次的微笑我都毫不掩饰。在宽广的草原上享受天伦之乐，是我一天当中最幸福的时光。

在半醒与半睡之间，靠在墙根儿处的我，除了去回忆那些往事，有时也会想起几首古诗词来，比如，此刻我想起了苏轼的《念奴娇·赤壁怀古》：

> 大江东去，浪淘尽，千古风流人物。故垒西边，人道是，三国周郎赤壁。乱石穿空，惊涛拍岸，卷起千堆雪。江山如画，一时多少豪杰。遥想公瑾当年，小乔初嫁了，

雄姿英发。羽扇纶巾，谈笑间，樯橹灰飞烟灭。故国神游，多情应笑我，早生华发。人生如梦，一樽还酹江月。

我觉得，苏轼的这首词最能体现我此刻的心境。

三十五

从最初来到这里的十七头夏洛莱牛犊，到五十年后，将子孙或子子孙孙繁衍到五万八千头，并形成了独特品种的本土化改良牛群体——乌珠穆沁白牛，这是绝大多数人没有想到的。即便作为当事者的我们，也从来没敢这样奢望过，奢望我们的家族成员能发展到如此宏大的规模。一切都超出了我们的想象。

当地的新闻媒体是这样报道这一情况的：

夏洛莱牛是举世闻名的大型肉牛品种，以生长快、体形大、耐寒冷、耐粗饲而受到国际市场的广泛欢迎。西乌珠穆沁旗经过近半个世纪的育种繁育，以夏洛莱牛为父本，以当地牛为母本，通过级进杂交和横交固定定向自主培育，已形成生长速度快、饲草转化率高、抗病能力强、抗逆性好、完全适应我旗牧区生态环境和放牧饲养，遗传性能稳定，集合父本母本优点的肉牛群体，暂名"乌珠穆沁白牛"。

五十年来，在国家、自治区各级领导的多次关怀下，（当地）积极推进国家级"乌珠穆沁白牛"核心育种场建设，在科研团队、高等院校、推广部门和广大农牧民的共同努力下，形成了区域性强、生产性能突出、经济效益高、老百姓认可的"乌珠穆沁白牛"独特群体，主要分布于锡林郭勒盟西乌珠穆沁旗和周边旗县，存栏约6万头，现有盟级核心群7个，能繁种母牛存栏数为1020头……

随后，我看到了内蒙古自治区层面发表的相关文章。

对内蒙古而言，贯彻落实党的二十大精神和全国两会精神，要把思想和行动统一到党中央决策部署上来，把发力点放在办好两件大事上。

一件是努力完成习近平总书记交给内蒙古的五大任务。把内蒙古建设成为我国北方重要生态安全屏障、祖国北疆安全稳定屏障、国家重要能源和战略资源基地、国家重要农畜产品生产基地、我国向北开放重要桥头堡，是习近平总书记从我国发展全局出发赋予内蒙古的战略定位，是内蒙古在推进中国式现代化中的要责和重任……除了这些，利好消息还在陆续传来。

习近平总书记在考察内蒙古时强调，要发挥好农牧业优势，从土地、科技、种源、水、草等方面入手，稳步优化农牧业区域布局和生产结构，推动农牧业转型发展，大力发展生态农牧业，抓好农畜产品精深加工和绿色有机品牌打造，促进一二三产业融合发展，推动农牧业高质量发展。

紧接着，内蒙古自治区出台了针对"五大任务"的条例，其中一个就是《内蒙古自治区建设国家重要农畜产品生产基地促进条例》。

一看到"农畜""畜牧业"等带"畜"的字样，我就特别开心，这毕竟和我们有关嘛！

在之后的新闻报道中，我又看到了内蒙古自治区相关部门负责人的具体陈述。

……推动肉牛存栏增加56万头、达到715万头……

之后就是锡林郭勒盟相关部门负责人在接受媒体采访时的表述。

锡林郭勒盟作为畜牧业大盟，将以种业振兴行动为契机，建立健全良种畜繁育体系，加快优良品种推广应用步伐，促进锡林郭勒盟畜牧业向高产、优质、高效转型。

看到这些新闻报道，我内心是非常振奋的，

也是很激动的。五十年的艰苦历程我们都坚持下来了，在往后的日子里，相信不会差到哪里去，而且只会做得更好。

最近我又听说，西乌珠穆沁旗相关部门正在推进"乌珠穆沁白牛"新品种的认定工作，同时还在推进打造国家级核心群的工作。对此，我很欣慰。

其实，近年来，相关的消息通过新闻媒体的报道陆续传到我的耳中。

近年来，锡林郭勒盟牢记嘱托，扎实推进习近平总书记交给内蒙古的"五大任务"，在建设国家重要农畜产品生产基地的进程中，在品牌牛的打造和推广方面作出了有益探索，并取得了举世瞩目的成果。

在"乌珠穆沁白牛"主产地浩勒图高勒镇100多公里之外的乌拉盖管理区，2021年12月，经国家畜禽遗传资源委员会审定，华西牛获得国家畜禽新品种证书。自此，我国自主培育的，遗传性能稳定，生产性能良好，符合产业发展和市场需求的肉牛新品种，在锡林郭勒草原诞生！

如何让"乌珠穆沁白牛"、华西牛、安格斯牛等诸多品牌牛与高端市场进行对接已被锡林郭勒盟列为重点推进的工作。

"今后，我们着力打造地方肉牛品牌，释放锡林郭勒牛肉品牌效益，发展草原安格斯牛、华西牛、'乌珠穆沁白牛'等优质良种肉牛产业，扩大绿色产品供货的服务圈，在建设国家重要农畜产品生产基地道路上迈出坚实一步。……"

……

"乌珠穆沁白牛"新品种认定的名字最终会叫什么，我不得而知。看着一天天老去的身子，我不知道我还能不能等到新品种认定下来的那一天。如果能等到那一天的话，我很想知道，我们的后代会拥有一个什么样的新名字。我想起了陆

游的那两句诗"王师北定中原日，家祭无忘告乃翁"，我想把这两句诗改一下，改为"新品认定欢颜日，家祭无忘告乃翁"，希望我的后代能在坟头上告诉我一声，如果那时的我已不在这个尘世的话。

三十六

其实我对因何来到这个国度，一直充满了好奇。当年离开法国农场时，只从农场主人的口中听到过只言片语，而这些又无法支撑起整个事件的来龙去脉。探寻事情的真相，掌握第一手资料，还原当年场景，是埋藏在我心中的一个夙愿。之后，我便开始留意相关的权威资料和新闻报道，扮演着一个表面默默无闻暗地里却潜心研究史料的扫地僧。我倒不是要把自己装扮得多么神秘，只是不想高调行事。功夫同样不负有心牛，几十年后，我终于厘清了整个事件的脉络。那一刻，我突然觉得，即便不是出于好奇，我也有义务去厘清这些东西。因为再过若干年，当年

那些当事人（包括当事牛）一个个都离去后，
年轻一代的人（包括年轻一代的牛）未必会相
信，当年的几头牛能和两国之间的关系扯上关
系，他们也许会认为这不过是一个传说，或者是
一个虚构的故事，由好事者编撰出来用以吸引眼
球罢了。想到这一点，我觉得在我老气横秋、老
态龙钟之际，居然也能发挥余热，为社会做出一
点贡献，至少对当年那段历史进行了考证、辨伪
与再现。我不是那种"烈士暮年，壮心不已"
的牛，更不是那种"老骥伏枥，志在千里"的
牛，我只是顺道做了一件对历史有意义的事情罢
了。那一刻，我突然觉得，这件事由我来完成，
是非常合适不过的。作为当年仅存的一头夏洛莱
牛，我也是目前最佳牛选，趁我还健在，趁我还
没有得老年痴呆症，趁我还能回忆起那些历历在
目的往事。想到这里，我忽然有些飘飘然，觉得
自己这即将结束的一生还并不算完全平庸，走起
路来步子也不像往日那样略显沉重，居然还走出

了一副昂首阔步的姿势。忽而又觉得自己很可笑，差点笑出声来。但转念一想，在这个很少有人为你诚意喝彩的年代，自己嘉奖自己，自己鼓励自己，自己抬高自己，也不是一件多么坏的事情，只要不对外声张，只要仅限于自己的心理活动，这样至少可以有效预防抑郁症。据说，现在平均每十四个人里面就有一个抑郁症患者。大家之所以觉得现实中并没有那么多的抑郁症患者，是因为这些患者患病的程度不同，有的是轻度，有的是中度，不完全是重度，彼此之间不过是五十步与一百步的区别。

也是在这个时候，我发现我是一个跳跃性思维很强的人，经常会"突然"冒出一个念头来，然后又"突然"联想到另一件事情，几个"突然"下来，有时候，会将几个支离破碎的片段完整地串联起来，或者将几件孤立的事情连贯起来。有时候，这"突然"间的连接与拼凑会有重大发现和意想不到的收获。我真的很感谢这

"突然"而来的"突然"，就如我"突然"将对这一事件的好奇与记录这段历史完美地结合在了一起。

下面这些都是不同地方官方媒体的新闻报道，我基本原汁原味地进行了摘录。

"一定要到中国去看看，这是我父亲在1969年担任法国总统时就下定的决心，4年后他终于实现了这个心愿。"近日，首位访华的法国总统乔治·蓬皮杜（Georges Pompidou）之子阿兰·蓬皮杜（Alain Pompidou）接受了××报、××视频专访。

1973年9月，应中国政府之邀，时任法国总统乔治·蓬皮杜对中国展开国事访问，成为第一位正式访华的西欧国家元首。当时，他受到中国政府的高规格接待，还参观了北京故宫和山西大同云冈石窟。

多年来，蓬皮杜家族与中国人民的友谊一直在延续。阿兰·蓬皮杜已年近八十，是

白牛

一名医学教授，近年来多次到访中国，被视为东西方文化交流的使者。在接受××报、××视频记者专访时，他表示，中法之间曾创造过不少"第一"，奠定了中法关系的独特性。

1973年，我的父亲等来了访华的机会。……虽然他当时已经身患重病，但他还是撑着病体，顺利完成了访华之旅，成为第一位访华的西欧国家元首。那次会面，成功推动了中法关系今后的进一步发展。

由于父亲特别喜欢文化方面的事物，他在访华期间也参观了山西大同的云冈石窟，由周总理亲自陪同。

时隔44年，我和妻子同行，重走了父亲首次访华到访过的山西大同，这对我有非常特别的意义。我记得当时我们特意乘坐绿皮火车——这和我父亲当年乘坐的交通工具是一样的。到达大同后，我受到当地人热情

的接待，参观了云冈美术馆，还与当地手艺人进行了交谈。

这是法国总统乔治·蓬皮杜之子阿兰·蓬皮杜接受媒体采访时的内容。

下面这段是媒体正文报道后的一个小链接，类似于一个小知识点。

1973年9月，乔治·蓬皮杜访华，成为第一位正式访华的西欧国家元首。访问期间，双方商定的辽阳化工合作项目合同总金额达12亿法郎，是当时中法建交以来双方最大合作项目。1974年4月2日，乔治·蓬皮杜因病辞世于总统任上。

下面这些是某省几家当地官方媒体的报道。

2017年10月，乔治·蓬皮杜的儿子阿兰·蓬皮杜到访山西大同，大同市政府授予其大同国际艺术社区荣誉区长称号。

那是1973年9月14日夜，蓬皮杜总统在周恩来总理的陪同下，坐上北京开往大同的专列火车。9 月 15 日早晨，在火车上经历了十几个小时后，蓬皮杜一行在民众的欢呼声中走出大同火车站，穿过 109 国道径直开往云冈石窟。

……

"蓬皮杜总统和周恩来总理被上百名中外记者夹在人群里，从云冈第 20 窟（标志性大佛）一路向东走去，大概参观了一个小时左右，就起身回到大同宾馆休息了。"朱孟麟说。

……

在大同宾馆举行的午宴中，蓬皮杜对云冈石窟赞不绝口。新华社在当日刊发的新闻中这样表述："云冈石窟毫无疑问是世界艺术的高峰之一，它表明你们的创造精神，是贵国文化遗产对世界最优良的贡献之一。"

……

1973 年，周恩来总理以火锅宴请法国

总统蓬皮杜，并以"九龙奋月"铜火锅相赠，传遍世界。

……

……中午在宾馆举行的欢迎宴会上，主桌正中摆放着热气腾腾、精美别致的铜工艺錾花火锅，外国记者纷纷围观拍照。饭店主人介绍这是前清时代皇家御制贡品。

这时，周总理微笑着说："很有名，我知道。"并侧身向蓬皮杜介绍说："百年前，我们北京帝宫里的御用火锅，都是大同进贡的，可见它的价值之高。如今我陪你来到大同享受御用火锅，我们比皇帝还要荣耀啊。"总理的一席话，引得中外宾客哄堂大笑。从周总理这段席间笑谈中，可知大同铜火锅的知名度。

……

阿兰·蓬皮杜先生愉快地回忆了2017年10月应邀访问大同时，收到了当年他的父亲蓬皮杜总统访问大同时收到的赠礼"九龙奋月"铜火锅的复制品，且是同一位师傅制作。他惊喜不已，认为是忠贞友谊的见证。他说："我们回忆消逝的岁月，沿蓬皮杜总统走过的路，铺垫两国关系的明天。"

……

1973年9月15日，周恩来总理陪同法国总统蓬皮杜来大同访问，大同市以"九龙奋月"铜火锅为国礼馈赠。该工艺铜火锅由当年的大同市内燃机配件厂铜器车间艺人精心设计制作，以大同九龙壁为图案，采用镶嵌、浮雕与勾线相结合的传统工艺制成，构图洒脱，布局匀称。锅身九条银龙腾云驾雾，锅盖镶嵌银花栩栩如生，火筒盖上的卧龙根根龙须活灵活现，锅座、底盘各色图案神态飘逸……整个火锅珠联璧合，具有浓郁的地方特色，博得法国贵宾交口称赞。

访问期间，周恩来总理对省、市领导指示："传统工艺一定要想法保持下来，而且要推陈出新、不断进步。你们的铜火锅不仅是餐具，而且是艺术品，要加以研究，提高工艺，推广出去！"

下面的内容是另一个地方的官方媒体报道。

1973年，周总理在身患癌症的情况下，接待了当时的法国总统蓬皮杜。这是中法关系史上法国总统第一次访华，也是当时西欧国家大国元首第一次访华。在这种情况下，总理尽管身患癌症，还是坚持亲自主持接待工作，以非常顽强的毅力支撑病体去机场接，接回来之后是宴会和会谈，之后又全程陪同蓬皮杜到大同、杭州和上海参观。

当时，总理病得很厉害，碰巧蓬皮杜也患了癌症。那天宴会结束后，晚上坐火车到大同去参观云冈石窟。总理说："我还是第一次来参观云冈石窟，平常我都没有时间来，这还得感谢蓬皮杜总统选了这个地方参观，所以我才有机会来。"随后，周总理和蓬皮杜又从大同乘飞机到杭州，去看西湖。参观过程中，给我很深刻的印象是总理关心群众，非常愿意接触群众。当时蓬皮杜在看风景，而总理被好多群众围住了。大家围着他提了好多问题，总理都一一回答，总理还问大家"生活情况怎么样""你们单位的生产怎么样"等，感到很亲切。

最后是到上海参观。当蓬皮杜要离开上海、乘专机回国的时候，到机场的路上就下起大雨来。在机场告别时，蓬皮杜西装革履，冒着大雨不打伞。警卫想给周总理打伞，总理不让。后面不少领导因此也纷纷把伞收起来了，当时是9月份，已经是秋天了。总理在病痛中依然非常注意外交礼节，这一幕给我留下很深的印象。在会谈和宴会过程中，你根本看不出他是个有病的人，但他实际上是忍受很大痛苦来做这些事情的。

中国人素来讲究礼尚往来，《礼记·曲礼上》中说："礼尚往来。往而不来，非礼也；来而不往，亦非礼也。"外国人看来似乎也有这样的礼节，于是便有了"国礼"的一来一往。

下面这些新闻报道，同样来自官方媒体。

1973年9月，法国总统蓬皮杜对我国展开国事访问。周恩来总理陪同蓬皮杜访问，并向他赠送礼品。同年10月，蓬皮杜总统回赠给周恩来总理50头夏洛莱牛，其中17头交由内蒙古自治区培育。当时，自治区党委、政府经过综合考量，看中西乌珠穆沁旗畜牧业发展历史悠久并与法国处于相同纬度区域，草原资源得天独厚，水资源较为丰富，便将周恩来总理赠予内蒙古的14头夏洛莱母牛、3头夏洛莱种公牛交由西乌珠穆沁旗达青牧场繁育。

白牛

......

1973 年 9 月，时任法国总统蓬皮杜对我国进行国事访问。周恩来总理陪同蓬皮杜，并向他赠送礼品。同年 10 月，蓬皮杜总统回赠给周恩来总理 50 头纯种的夏洛莱牛，其中 17 头交由内蒙古自治区繁育。

当时，自治区党委、政府经过综合考量，认为西乌珠穆沁旗与法国纬度相同，水资源较为丰富，畜牧业发展历史悠久，适合养殖，便将 17 头牛全部送至该旗达青宝拉格牧场。

这两篇报道的内容大致相同。

白牛可不是一般的牛！

那是几"班"的？

周恩来总理点名送到内蒙古！

......

这是官方媒体的一篇新媒体报道，将本来可以放在一个段落里陈述的话，非要像诗一样拆开

罗列在了那里。既然是新媒体，可能形式的新颖很重要，于是就有了诗一般的存在。

通过这些官方媒体报道，基本可以将整个事件清晰地串联起来了，我也终于明白我为什么会从法国来到这里。

完成这些资料的收集、整理和再现后，我长长出了一口气。虽然一头牛到了我这个年龄已很少有人愿意问津，但我也不是一无是处。你看，我这项工作做得不也很不错嘛！

我又有了一丝小确幸。

白牛

三十七

当年的国营达青宝拉格牧场已经被拆迁了，在其旧址上现在住着十几户人家。如果没有人提起，人们是不会知道这里曾是辉煌一时的牧场，人们也不会知道，这个地方曾经有过一段见证中法友谊的历史，人们同样也不会知道，这是一个有着夏洛莱牛和当地牛故事的地方。历史就像一辆行驶在乡间小路上的汽车，其卷起的滚滚尘埃湮没了多少前尘往事。

在白牛分场的旧址上，是当地畜牧局的种畜基地。地方还是那个地方，但当年的白牛分场已不见了踪影，就如一同消失的国营达青宝拉格牧场。

　　我是在一次新闻报道中见到了牧场的旧址。

　　看到这些"物非人也非"的画面，我又想起了那个曾经带给我无限惆怅和无限欢乐的地方——白牛分场。

　　在我心中一直有一个小秘密，那就是我对白牛分场的那几堵墙特别感兴趣。我觉得那是几堵神奇的墙。当雨裹挟着风、风裹挟着雨冒冒失失、噼里啪啦地倾倒过来时，我们就会躲在东墙的墙根儿下，疾风骤雨瞬间就被挡在了墙外，我们毫发无损；当夏季火辣的太阳照射过来时，我们又追着墙根儿下的阴影躲起来，任凭骄阳似火，也奈何不了我们；当冬季呼啸的北风吹过时，我们就会躲在南墙的墙根儿下，无限嚣张又飞扬跋扈的风便被挡在了墙外，对我们构不成多大的威胁，不管它有多么强劲、多么刺骨；当寒冷的冬季里有太阳升起时，那带着暖意的阳光显得弥足珍贵，我们就会卧靠在墙根儿下，阳光照射在我们的身上，周身顿时热乎乎的，像烤了一个没有炭火、不冒青烟的天然火炉。

　　除了这些，那几堵墙另一个吸引眼球的原因是，这里会时不时地出现一些标语，提示着这个国度正在发生或即将发生的大事，让这个略显封闭的地方探悉到一丝外界的动态。

　　从"尊重知识，尊重人才""科学技术是第一生产力"，到"实践是检验真理的唯一标准""解放思想，实事求是，团结一致向前看"，再到"保证国家的，留足集体的，剩下都是自己的""时间就是金钱，效率就是生命"，再到"计划生育是一项基本国策""晚婚、晚育、少生、优生"，再到"教育要面向现代化，面向世界，面向未来""贫穷不是社会主义"，再到"冲出亚洲，走向世界""发展才是硬道理"，再到……

　　那些浓缩了时代特征的标语，无一遗漏地在那几堵墙上出现过、遗存过。

　　那几堵墙已不是简单的几堵墙，而是见证了

历史沧桑与时代变迁，有着丰富阅历的几堵墙。

舞榭歌台，风流总被雨打风吹去。到后来，那几堵曾经高大、结实、整洁的院墙，在历经岁月沧桑后，变得低矮、残缺、颓废，再后来便无人问津，其"张贴"与"展示"功能也不复存在。而具有强大宣传和鼓动作用的标语依旧在生机勃勃地延续着，只不过更换了宣传内容，改变了宣传介质，丰富了宣传方式。在迎来每一个朝阳、送走每一个残阳后，那几堵院墙便结束了一天的时光。

我曾想，继续低矮、继续残缺、继续颓废，将是那几堵墙最终的宿命，直至迎来翻新或推倒重建的那一天。

在新闻报道出现的那些画面中，我没有识别出当年白牛分场院墙的任何痕迹来，尽管我看得仔细而认真。

事了拂衣去，深藏身与名。

三十八

主人这几天很忙碌。

他先是去了一趟锡林郭勒盟阿巴嘎旗萨如拉图雅嘎查，说是学习取经去了。回来后，附近那些养殖户就开始陆续来到我们的牧场，和他一起讨论一个叫作"四点平衡"的理论。听他们谈及的次数多了，我居然也知道了"四点平衡"理论的大概。

主人给大家介绍说，"四点平衡"理论就是"利润最高点、成本最低点、生态最佳点、劳力最优点"，这个理论的提出者就是在草原上赫赫有名的被人们称为"草原之子"的廷·巴特尔。廷·巴特尔的父亲是新中国的开国将军廷懋。也

就是说，"四点平衡"理论的提出者廷·巴特尔是一位将军之子。主人说到这里时，围在他四周的人们一个个先是一惊，然后脸上都现出了敬佩的神色。这些表情与神色都高度相似，像统一培训过一样。"怪不得呢!""将门虎子!""不辱门庭"……感叹之声丰富着他们的话题。

听主人这么一讲，人们对廷·巴特尔和他的事迹愈发感兴趣了，"讲慢点""讲详细一点""你知道的都和我们讲一讲"……

主人滔滔不绝地讲了下去，内容包括他亲眼见到的，听别人转述的，通过其他途径掌握的……

主人说，廷·巴特尔 1974 年高中毕业后来到内蒙古自治区锡林郭勒盟阿巴嘎旗萨如拉图雅嘎查插队，在与牧民们朝夕相处的日子里，帮大伙儿过上好日子的念头在他脑子里越来越强烈。1978 年，与他同一批插队来的知青开始陆续返城，他却决定留在这里。他觉得草原太需要建设

了，他要留下来为草原做更多的事情。自那以后，他便在插队的地方扎下了根。

"1974 年？"听到这里，我心想，那不就是和我们前后脚来到锡林郭勒盟的吗？我们比他早来了一年。

主人说，自从决定扎根草原后，廷·巴特尔通过划区轮牧、减羊增牛、植树种草、保护野生动植物等多种方式，将自己的 5900 余亩草场从过去的"自家牛羊都养不活"变为如今的世外桃源。在他那里，居然生长着 270 多种植物，狍子、獾子、鹤等百余种野生动物在他那里安家、落脚。听主人讲完这些后，我发现"栽下梧桐树，引得凤凰来"这句话着实不虚。

主人讲，廷·巴特尔认为，在发展的道路上，既要保护草原生态，又要保障牧民收入，还得从养殖上做文章。为了让大家更好地理解他提出的减羊增牛"蹄腿理论"，他跟牧民们做起了算术题："养 1 头牛和 5 只羊的经济收益大致相当，但1头牛只有4条腿，吃饱了就卧着，而5只羊有20只蹄子，不停走动还刨草根吃。5只羊对草原的踩踏要大于1头牛。"大家一掰扯，还真是这么一个道理，事实也非常明显地摆在那里，周围的牧民纷纷用行动效仿起了他。如今，萨如拉图雅嘎查成了远近闻名的生态村，牧民年人均纯收入超过2万元，牧区通了电，修了路，家家住上了砖瓦房，开上了小汽车。

主人讲，为了改进牧业生产方式，廷·巴特尔又提出了"打草不拉草"理念。他觉得，打草之后不拉草有利于草场的恢复。理由有三个：一是保证了草的营养不流失，而且草籽可以更多地留在草场上，形成自然播种，有利于草场恢复，同时营养充分的绿草可以保证牛在冬春季有好的膘情基础；二是省去了拉草、储草环节和冬季每日给牛添加饲草的人工劳作；三是可以保证牛的粪便留在草场上转化成有机肥料，归还草原。在他的倡议下，牧民们种上了黄柳、沙棘等

耐旱植物，有效遏制了草场沙化退化，多年不见的鹿、狐狸等野生动物随处可见。

我很佩服主人的记忆力，他居然能将廷·巴特尔的这些理论条理清晰地完整记下来。

主人又讲，一直以来，廷·巴特尔都在提倡休闲牧场的生活模式，认为这样的草原生活才有吸引力。他觉得，如果能抽出时间享受生活，草场生态也好，大家就会羡慕这种生活方式，后代才能留在草原。

"得让人们留在草原，爱上草原，不想走。"主人说，"这是廷·巴特尔的原话。"

主人又说，廷·巴特尔是有着深厚草原情怀的，他曾说过："我的根在草原，情在牧区，我就是一个普通牧民，我要永远留守故乡，守护美丽的大草原，把扎根草原近50年的实践经验传授给牧民群众，保护生态，建设草原，共同创造美好生活。"停顿了一会儿，主人又动情地说道："语言是思想的外壳，思想是语言的内核，

情不到深处，是讲不出这些话的。"

主人知道的还挺多，居然还知道语言和思想的关系，这让我对他有点刮目相看。我一直以为他就是一个专门研究如何养牛、如何养好牛的能手，没想到他对其他方面的知识也有涉猎。

听完主人的这段话，人们都点了点头。

"人家的好理论、好实践，咱们得学习。"主人又说。

人们又都点了点头。

"人生有四大遗憾：遇良师不学，遇良友不交，遇良言不闻，遇良机不握。"主人又说。

人们又都点了点头。

看着这场面，我突然笑出了声。主人就像一位传道授业的老师，又像一个段子手，不时穿插些有点心灵鸡汤味道的段子。那些前来的听讲者们就像是求知若渴的学生，他们热烈讨论的样子又像在钻研一项重大课题。不知是他们讨论得太过投入，还是我的笑声没有引起他们的注意，他们依旧在专心致志地说着、听着、分析着……

以我这几年对主人的了解，但凡他认可并决定了的事情，就会一往无前地去做，而且一定会做出成绩来。有时候我也在想，人这一生，若想成功，重在坚持。当然了，前提是方向一定要正确。牛也一样。我也发现，主人身边有一批数量可观的追随者，他们对主人牧场从无到有、从小到大充满了敬佩与神往。多年来，他们一直在追随着主人的养殖步伐，学习主人那些可供借鉴的经验和方法。既然主人对廷·巴特尔的这些独创性理论如此推崇，我预计在不久的将来，这些理论想必会在这里生根发芽，开花结果。

三十九

那一夜，我做了一个美丽的梦。

恍惚间，我走进了一个地方，里面像是一个现代化的大型厂区，各种机器设备以及由银白色的钢筋构建起来的架构异常抢眼。

再一看，厂区里全是被毛、体形、长相几乎和我一模一样的白牛，有年轻的，有上了年纪的，还有刚出生的牛犊。他们都整齐地站在各自的"工位"内，像接受过专业训练，两根银白色的 U 型钢筋勾勒出这些"工位"的简单框架。

我突然反应过来，这是一个大型现代化养牛场。

惊诧间，一辆满载饲草的无人驾驶车辆驶进

了厂区，与车辆的缓慢移动相契合，一只伸缩自如、辗转腾挪的机械手臂将一捆青草放到了一头牛前面的饲料槽内。随着车辆向前移动，一捆一捆的饲草被准确无误地投放到每一头牛的跟前，那节奏像是设定好了程序一样，又像是彩排多次后的正式演出。

在"工位"的后面，是一台又长又宽的自动化清粪机，那些或稠或稀的固体排泄物与液体排泄物齐刷刷地被推走了。紧跟其后的是一辆无人驾驶清洗车，喷射出来的高压水线将脏兮兮的地面冲刷得一干二净，仿佛刚才的地面上本来就了无一物。

上空传来的舒缓音乐吸引了我的注意力。这音乐显然是在饲草车进入厂区的那一刻响起的，就如在雅间就餐时响起了轻柔的背景音乐。果然，正在进食的一头头牛仿佛听出了这音符间的语义，在慢条斯理咀嚼的同时，似乎在思考深邃的牛生问题。音乐在洗涤心灵尘埃的同时，助推

294

着他们的消化器官加速蠕动。这就是音乐的魅力，是那些苍白无力的文字无法望其项背的。我也被这音乐所感染，全身心放松，忽而发现"对牛弹琴"这一说法存在着严重的谬误。牛不是不通音律，只是不愿倾听那些不合他们鼓膜的旋律。

一个像转盘一样带着刷子的巨型东西径直移动了过来，停靠在牛群的身后，开始缓慢而有节奏地转起来。那些牛对这个刷子一样的东西似乎既熟悉又很感兴趣，不时将他们的身子侧过来侧过去，让其抚摸着需要抚摸的部位。

"这是什么操作？"我有些惊讶，自言自语道。

一头离我距离较近的牛听到了我分贝并不算高的声音，"我们在挠痒痒。"他朝我笑了笑。

"还能挠痒痒？"我边说边向前走去，"这哪是普通的牛能得到的待遇啊，简直就是 VIP 会员钻石卡才能享受的至尊服务啊！"我情不自禁地一声感叹。

"这才哪儿和哪儿呀?"刚才说话的那头牛又接过了我的话茬,我原本向前迈去的脚步停了下来。"你看到的只是一个方面,我们在其他方面也都是很讲究的,比如说饮食。"他又说道。听他这么一说,我觉得他有显摆的成分,但看他一脸诚恳,又端详不出任何显摆的痕迹来,就又听他说下去。

"我们的饮食是通过国际食品安全认证体系认证的,食品质量是有严格保障的,可不像以前那种粗放式进食,动不动就在饲料里吃出一块石头来,或是吃出一根铁钉来,一不留神就把门牙磕掉了,或者把肠胃穿孔了,这些情况现在不可能再出现了。"

我点了点头。

"除了食品成体系地整体把控外,在进食时,我们已经实现了精细化管理。以出生和成长时间为界,这里把牛分为犊牛、青年牛、成年牛、待产牛等若干不同的类型，按照这些不同的类型进行营养匹配。比如，犊牛多吃点含钙量高的，怀孕的牛多吃点有营养的，上了年纪的牛多吃点清淡的和高纤维的。"他接着又说道。

"确实够精细。"

"刚才你也看到了，有专门的设备给我们挠痒痒。其实挠痒痒只是其中的一项，我们还有很多其他项目呢。比如，在阳光明媚的天气，走出圈舍去做做运动，同时晒晒太阳，补补钙。对了，我们还有专门的运动场呢。"

"专门的运动场？"我有些诧异。

"是啊，一会儿你从这里走出去，就会看到好几个运动场，应当有别的牛在那里活动，我们是分批次出去的。"

"你们的生活好惬意啊！"

他肯定地点了点头："我觉得我们的幸福指数确实挺高，每天都很舒心。厂里也曾专门做过调查研究，享受这些'福利'后，我们的寿命

大大延长了，淘汰率大大降低了，身体素质也越来越好了。"

"除了这些，还有哪些'福利'呢？"我越听越好奇。

他略微沉思了一会儿，说道："我们睡觉的时候有牛床。"

"牛床？是那种带格栅，能将排泄物漏到下面的装置吗？"我想起了主人为刚出生的牛犊铺设的牛床。

"不是那种简易的。我们这里的牛床是和人类的'床'接近的床。"

"哦？"我愈发好奇。

"牛床也有很多种，比如水床。"

"水床？"

"是呢，将水灌到特制的高强度塑料装备里，牛站在上面踩不坏，然后给水加热，牛卧上去就会热乎乎的，就如躺在一个巨型热水袋上。当然了，这是在冬天。到了夏天，将热水换成凉

水，牛卧上去就会感到清凉舒坦。随着季节的轮替，水床做到了冬暖夏凉。"

"还有呢？"

"还有沙床和粪床。"

"粪床？"我又是一惊。听到"沙床"两字时，我已觉得很奇怪，在"沙床"二字后面居然还跟着"粪床"二字，这更让我惊诧了。

"沙床很好理解，就是用沙子做的床。最大的沙床就是户外露天的沙漠了。牛在沙漠上活动，沙子吸收了太阳光的照射，表面热乎乎的，对牛而言非常好。"

"以天为盖，以地为庐。"我笑了笑。

他停顿了一下，也笑了笑："你可能对粪床很感兴趣。粪床不是将牛粪直接拿来使用，而是将牛粪进行固液分离，然后进行发酵、高温灭杀菌等处理，使其达到无害化，经过这一系列操作，牛粪也成为干燥、松软、舒适的牛床垫料。"

"真是变废为宝啊！"我感叹这里人们的智慧，"还有其他的吗？"

"另一种就是地暖了，牛卧上去整个身子都是热乎乎的。这个和北方地区冬季时的集中供热一样，热气是通过地面释放出来的。"

"形式多样啊！"

"当然了，除了上面说的这些，冬季时，屋子里一般都配有浴霸，有时还配热风机。这些都在屋内。在屋外，还专门垒起高高的草垛，用来遮风挡雨。"说罢，他朝前扬了扬头，"看到四周安装的空调了吧？"在他所指的方向，果然每隔一段距离就有一台空调。"在夏季，当室内温度比较高而风扇的作用又不太大时，就会启动空调。对了，空调也是自动感应自动启动的，根据设定好的程序。除了风扇和空调，有时还会用喷水降温的方式来消解炎热。"他说道。

"你们这地方真够先进、真够现代化的啊！"

"这些都是硬件建设。在科研领域，我们已

经实现了基因片段的最大化应用。"

"基因片段?"这是我第一次听到的词。

"基因片段,在免疫学范畴是指编码 T 细胞受体、B 细胞受体和抗体的多个分隔的 DNA 片段。通过其重新排列而形成 T 细胞受体、B 细胞受体和抗体的多样性。通俗地讲,基因片段是生物体中的一段 DNA 分子,它由一系列特定长度连续的核苷酸组成。这段 DNA 可能包含一个或多个基因,也可以是一个基因的部分区域。在生物学研究中,可以通过 DNA 切割、PCR 技术、基因编辑等方法获得基因片段,并将其从 DNA 分子中分离出来,用于进一步的研究。比如,基因片段可以用于 DNA 测序,以了解 DNA 的具体序列;也可以用于基因克隆,将特定基因插入其他生物体中;还可以用于基因表达研究,研究基因如何在生物体中转录和翻译成蛋白质。通过研究基因片段,能够更好地了解基因的结构和功能,提高对遗传信息传递、基因表达调控等方面的理解。"

我懵懵懂懂地听着，尤其是里面的一些专业术语都是第一次听说，我根本不知道这些术语都指代什么意思。

"你知道的好多啊！"我感慨道。

"我也是听别人讲的，给你复述了一遍，就是人们常说的现学现卖那种。"他腼腆地笑了笑。

"复述与现学现卖也是一种能力。"我笑道。

"在我们这里，已实现了基因的转化，即什么样的体质更健康，就把这种基因更好地传递下去。这里面一种叫提升，另一种叫进化。"

我频频点头。

我被这里神一般的现代化、智能化、科技化操作惊呆了，顿时享受到了与刘姥姥进入大观园时同等的感观待遇。

他似乎看出了我的心理活动，笑了笑："不要太惊奇，以后，大家都会生活在这样的现代化环境中。这就是现代畜牧业的发展现状，只不过我们提前实现了一步。"

我点了点头，与他就此作别。

走出厂区，远远看到好多牛在一处用围栏圈起来的空旷而辽阔的地方活动着，显然这就是运动场了。我快步走了过去。在这个偌大的运动场里，有溜达的牛，有卧着的牛，有站在那里一动不动的牛，悠闲而自在。几处人工垒造的小山坡，非常抢眼地分布在运动场里。几头牛齐刷刷地将头抬起来放在小山坡的边缘处，小山坡俨然成了他们的枕头。看得出来，小山坡的设计遵从了牛喜欢头部朝上的生活习性。这一设计理念达到了想牛之所想、急牛之所急、忧牛之所忧的效果。一头"牛王"模样的牛正站在小山坡上环视四周，并威严十足地俯瞰着他的这些"臣民"。不管是狮群、狼群还是牛群，有群的地方，就会产生"首领"，这些"首领"又都喜欢高高在"上"，就如此刻站在海拔比平地略微高出一丁点的小山坡上的"牛王"。

"你们这是哪里啊?"我有些好奇,朝着站在小山坡上的"牛王"问道。

"这是哪里?"他也有些诧异,像是我问了一个非常幼稚的问题,"我们这里就是你们那里呀!"

"我们?你们?这里?……"我依旧没有反应过来,"你是谁啊?"

"我就是你啊!"他越发显得有些诧异。

"你越说我怎么越糊涂了?"

"你是过去的我,我是将来的你。"他笑了笑。

"将来?将来是什么时候?"

"很快。"

"很快是什么时候?"我心里嘀咕,感觉他在和我打哑谜,用的都是些不太明确的模糊性词语,而我偏偏又猜不透他在说什么。

"我怎么感觉在做梦?"我一脸蒙圈儿道。

"何为梦，何为现实？"他笑了笑。

我觉得他问的这句话既文绉绉的，又酸溜溜的，像个迂腐味十足的文人。

"梦就是梦，现实就是现实。"我回道。

"有时候，梦如同现实，现实如同梦。就如生活如同艺术，艺术如同生活。"他又笑了笑。

我觉得他不但在和我兜圈子，还在和我玩文字游戏，不像在好好说话。

我朝他笑了笑，扭头走了。心里却想到了一个词——神经病。这三个字，是送给他的。

一束阳光照在了我的眼睛上，我突然醒了过来，原来真是一个梦。

我望了望四周，我依旧在自己的圈舍里，圈舍还是那个圈舍，院落还是那个院落，我更确定了刚才的确是一个梦。于是觉得这个梦有点意思，既不像南柯一梦，又不像黄粱美梦，更像是一个对未来畜牧业发展的展望之梦或是预判之梦——既有现实的基础，又有合理的推理与想象。我突然觉得这是自己一生所做的梦中，最充满希望的一个梦。

我想起梦中那头牛和我说的话——"这就是现代畜牧业的发展现状"。

我笑了，笑得那么开心，为同类能享受到这么好的生活待遇。尽管是在梦中。

继而我又想到了牛肉产业。这么多年来，我一直在思考一个问题，我们和饲养我们的牧场到底是一种什么样的关系？思来想去，我觉得我们就是一对矛盾统一体，有时矛盾，有时统一。当我们肩负起繁衍后代或改良品种的使命时，我们是统一体，就像一个战壕里的战友，亲密无间，铁板一块；当当地要发展牛肉产业时，我们又是一对矛盾体——鱼肉刀俎，我为鱼肉，他为刀俎。当然，我们也清晰地知道，作为食物链上的一个环节，我们处在一个较为低端的位置，被吃掉是我们大多数牛的命运。即便如此，当看到自己的同类被吃掉或被杀掉或被卖掉的文字表述与

视频画面时，我内心仍有一种说不出的痛苦与撕裂。我们的结局为什么会是这样？我们天生就是任人宰割的吗？尽管我是牛类中的侥幸者，而且非常侥幸地活到了现在，但爱屋尚且及乌，又何况同类乎？人都有恻隐之心，牛也如此。于是，一个残忍的命题摆在我面前：既知自己所处的位置，又不忍直视或接受残酷的现实，但又无能为力。这些，都成为我内心无法和解的症结，让我纠结且彷徨。也许等到某一天，我一命呜呼后，这些痛苦的思索与纠结将不再追随着我。那一刻，我真的可以长眠于地下了，这世界的纷纷扰扰也不再与我有关，一了百了。

四十

我已老矣。

我颤巍巍地走到墙根儿底下，卧了下去，重复着伴随了将近一生的同一个动作——将粗嚼后咽下去的食物再送回嘴里细嚼，然后再咽下，如此往复。比起"反刍"，我更喜欢"倒嚼"这个词，我觉得后者更亲切一些，更接地气。

就这样，我重复着倒嚼这个动作，让嘴巴不停地运动着，就像一些年轻人在嘴里嚼着一块儿口香糖一样，乐此不疲。嚼着嚼着，我就有点走神，又开始回忆起了往事。在回忆的间隙里，我会想起一首诗词。

　　滚滚长江东逝水，浪花淘尽英雄。是非成败转头空。青山依旧在，几度夕阳红。白发渔樵江渚上，惯看秋月春风。一壶浊酒喜相逢。古今多少事，都付笑谈中。

　　此刻，我想起了杨慎的《临江仙·滚滚长江东逝水》。年岁越大，我越喜欢杨慎的这首词了。尤其是当我靠在圈舍的墙根儿下，享受着阳光的抚慰时，就会情不自禁地想起这首词，像条件反射一样。我越来越觉得，这首词道尽了人世沧桑。没有生活经历的人，写不出这样的词；看不透世事的人，写不出这样的词；放不下执念的人，写不出这样的词。你看那词中的每一句，都是经典。

　　细想来，人生就是阳光下的奔跑，风雨中的灿烂，有风有雨是常态，风雨兼程是状态，风雨无阻是心态。人生也好，牛生也罢，来到这世上走一遭，就应当"宠辱不惊，看庭前花开花落；

去留无意，望天上云卷云舒"。只有这样，才对得起这风风雨雨的一生。

人生，包括牛生，需要一些豁达。

写在后面

1

以前曾专门写过一部关于动物的散文集《狗这一生》，其中有一篇专门写牛的文章。在那篇文章里，谈的主要是本地的黄牛。在村里生活的二十多年里，我和黄牛相处的时间较长，对它们很熟。不知它们是不是也这样想。

机缘巧合，这次居然大篇幅地写了一部关于牛的长篇小说，还是来自法国的夏洛莱牛，这是我之前没有想到过的，假设让我信马由缰地去想，以我有限的想象力恐怕也想不到这里去。这个世界就这么奇妙。

这是一部根据真实历史故事拓展、改编、演

绎出来的小说。在小说的主体部分里已作了详细
阐释，此处不再赘述。

　　小说的主人公是一头夏洛莱牛，在书中的名
字叫2号，来自法国一个如诗如画田园般的农
场。同样是机缘巧合，2号来到中国，开始了她
的纯种后代繁衍使命。与她一同前来的，还有另
外四十九位伙伴。他们来到中国后，像入乡随俗
一样，收获了一个共同的乳名——白牛。白牛这
个名字是当地群众根据夏洛莱牛的外貌特征而取
的，因其全身被毛皆为白色。

　　写这部小说时，我第一次见到白牛。经过一
段时间的接触后，我对白牛有了一定的了解。我
发现，白牛除了外表的被毛长得不一样外，其余
与黄牛有着太多的相似之处。所以在创作的过程
中，我不时会想起黄牛，进而在心里对两者进行
对比。

2

白牛性情温顺，和黄牛相差无几。

在我的印象里，除了西班牙斗牛场上那种比较好斗的北非公牛外，其他我见过的牛整体都很温和，给人一种"有事好商量，有事慢慢来"的温文尔雅的亲和感。不像螳螂，你一见到它，它便即刻转过身来，摆起一副立马就想交手过招的姿势。在大型牲畜里，比起马、骡子和毛驴，牛应当是脾气最好的。

牛虽然以性情温和而著称，但性情温和不代表没有脾气。这就和人一样，一个再温和的人，如果被激怒了，也是要发脾气的。兔子急了也咬人，是同样的道理。

牛有时候也会发脾气，而发脾气的时候就会用腿斜踢惹它生气的对象，这对象也许是人，也许是狗，也许是猪，也不排除是一只鸡。

牛主动出击的时候比较少，除非它认为对方

已对自己构成了威胁。

　　牛一般会用后腿去踢对方，用前腿攻击的动作，我没有见过。牛这个踢法和马尥蹶子还是有区别的。马尥蹶子时，通常要跳起来将后臀抬高，然后双腿猛地同时发力。牛则不然，牛不起跳，是站在原地用单腿直接踢，踢的时候也不是直线去踢，而是稍微偏一个角度斜着踢。牛属于重量级选手，让它踢上一蹄子，轻则出现淤血，重则被踢翻在地，再重则骨折。当然，要是不巧被它踢到头上的话，后果会是什么样子，就不得而知了。

　　牛发脾气时的另一种表现方式是用头顶撞对方。这种以头顶撞的方式多出现在同类之间。

　　当两头牛"一眼不合"时，便会用头去相互顶撞。如果两头牛中间还有一段距离的话，它们要么各自进行小幅度的助跑，要么省略掉助跑这道程序，径直走到对方跟前直接顶撞。牛没有学过物理，不知道力的作用是相互的，因而也就

不知道顶撞对方一下，自己也会疼痛。于是，双方都觉得该顶撞对方了，便只管去顶、去撞，至于疼或不疼，痛或不痛，才不去管呢。什么叫"牛脾气"，说的就是这，脾气一旦上来，哪管那么多呢？

如果两头牛都长角的话，两头牛顶撞时，其实是两颗头加四只角在较劲。由于牛角比较锋利，这种用角互相顶撞的方式是非常危险的，因而牛角划伤对方是常有的事。

我曾看过一段两头牛相互顶撞的最惊险视频。双方都加速冲向对方，两颗硕大的头颅撞在一起，随着一声巨响，其中一头牛应声倒地，四肢抽搐了几下后，便一命呜呼了。

平时性情温和的动物真"动起手来"，竟是一招毙命。人不可貌相，牛也一样。

3

一头牛出生后，命运就和自己的性别紧密联系在了一起，如影随形。

如果一头母牛生下的牛犊还是一头小母牛，那它基本属于富贵之命，如果中途不出什么岔子的话，安度晚年应当是没什么问题的。如果一头母牛生下的牛犊是一头小公牛，其命运则不容乐观，安度晚年的可能性就不太大了，甚至连长寿都可望不可即了。等它长大后，基本就会被主人直接卖给牛贩子，等待它的是其生命的终结之地——屠宰场。

同样是牛，只因一个性别之差，就走向了两个极端。

但这只是针对普通黄牛而言的。纯种夏洛莱牛，即纯种白牛则不是这样。纯种白牛里的公牛犊大概率被用作种公牛。其精液被冷冻后，会以配种的方式与当地牛进行改良。当然，普通黄牛

里的公牛犊也有被用作种公牛的，但数量很少，与纯种白牛不能相提并论。

4

黄牛的生活待遇同样不能与白牛相比。

记忆中，农村黄牛的宿舍是极其简陋的，就是一个圈舍、一个门、一个槽。冬季来临时，根本没有取暖或保温设施，是名副其实的"寒舍"。喝水时，主人会把已经结冰的冰面用镐头或石头凿开一个窟窿，牛将嘴巴凑上去，喝着冰面下冰凉刺骨的寒水。

白牛则不一样了。

鉴于引进的是国外良种，就显得格外金贵，再加上引进的时间较晚，各种硬件条件也都跟了上来，过去黄牛的生活状况在这里已看不到丝毫踪影。

白牛来到我国后受到的生活待遇完全刷新了我的认知。就如一个山顶洞人突然穿越到了现代

文明社会，举目四望，唯有发蒙。

冬季为了防寒，有些白牛的圈舍里安装着用以取暖的浴霸，下面铺着木地板，还有牛床，喝的水都经过温控设备调好了水温。那待遇，不敢去想象。如果让当年的黄牛知道了这些，除了心酸和泪水，我不知道它们还会有什么反应。是生不逢时，还是造化弄人？用句网络常用语——求黄牛的心理阴影面积？

好在当年的黄牛似乎比较抗寒抗冻，冷归冷，冻归冻，但基本不会被冻感冒，所以，头痛、发热、鼻塞、流鼻涕、打喷嚏这些症状一般很少出现，或者基本不出现。

5

不管叫什么名字，牛终归是牛，其身体特征及各部件的功能基本是相同的。

如果有一天牛死去了，它身体发肤的每一个部位，都会被人高效地利用起来。

牛活着时是宝，死后也是宝。

有个成语叫"多如牛毛"，还有一个成语叫"物以稀为贵"。这样听起来，似乎觉得牛毛很不值钱，其实不然。在过去，用牛毛做成的毡子是非常暖和的。现在这种牛毛毡子已经不多见了，但在当时是非常受欢迎的物件。

牛头上的那对角，不但可以入药，还能做成牛角梳、牛角刀等饰品或工艺品。

在古代，提示将士们"该冲锋陷阵了"的战鼓，其鼓面材料就是用牛皮制作的。随着工业的发展，战鼓演变成了后来的冲锋号，牛皮的角色也发生了改变，成为制作皮鞋、腰带的主要原料，而且价格不菲。精明的商人又将牛皮细分为头层牛皮和二层牛皮，据说还有三层牛皮。

人们对饮食与健康越来越重视，尤其食疗，大有超越药疗的趋势。有些人坚持一种观点，认为吃啥补啥。比如说，吃动物的肾脏就补肾，吃雄性动物的生殖器就壮阳。于是，牛鞭便被常泡于酒中。我对这种观点一直持怀疑态度。如果真能吃啥补啥的话，那吃一根牛尾巴，会补什么呢？

牛肉更被广泛用于烹饪。如炖牛肉、涮牛肉、炒牛肉、卤牛肉、酱牛肉、红烧牛肉、烤牛肉、凉拌牛肉。此外，还有牛肉面、牛肉饺子、牛肉包子、牛肉馅饼、牛肉丸子。如果将牛肉风干后，便有了牛肉干。牛肉干咀嚼起来，油香可口，别有一番滋味。当然，价格也不菲。如果牛肉上再带点骨头的话，就有了烤牛排。牛的骨头也是熬汤的不二选择。就连牛的内脏——心肝肺肠肚，也可做成牛杂。爆炒牛肚还是一道知名度很高的家常小菜。

牛如果一不小心得了胆结石，连胆结石都是宝，还有着一个和胆结石很不沾边的学名——牛黄。名字里含有"牛黄"二字的药物也不在少数，如牛黄上清丸、牛黄清胃丸、安宫牛黄丸、牛黄解毒片……

6

牛以任劳任怨的精神行走于人世与牛世之间，赢得了生前身后名。孺子牛、拓荒牛、老黄牛，这些对它们饱含肯定语义的词汇，更是家喻户晓。

人类总算没有忘记它们。于是，便将最好的一个褒义词分配给了它们，用以形容那些本领大、实力强的人物，那就是——牛！如果再在这个字的前面加上一个字，那就是——真牛！粗俗一点的话，就是——牛逼，或者——真牛逼，如果与国际接轨的话，就是——牛逼 Plus。文绉绉一点的话，就是成语——牛气冲天。

而其他大型牲畜就没有这样的殊荣，比如说，何曾听说过"这个人马！""这个人真骡！""马气冲天！""驴气冲天！"

7

当然，任何事情都不是绝对的，也不是所有的好词或好句子都授予了牛。

比如，"一朵鲜花插在了牛粪上"。这句话里有两个名词，一个是"鲜花"，另一个是"牛粪"，如果再进一步解剖，两个名词其实可以简化为"花"和"粪"，如此一来就可以表述为"一朵花插在了粪上"。"粪"就"粪"吧，可偏偏在前面加了一个"牛"，而不是"马"或"驴"，这就有点突出"牛"的色彩，对牛就有点那个了。

最要命的是，这句话的重点还不是讨论这"粪"到底是"牛粪""马粪"还是"驴粪"，而是将"牛粪"与"鲜花"作了对比，嫌弃之意溢于言表。就如成语"云泥之别"一样，一个是天上的云，一个是地上的泥，差别极大。而那朵"鲜花"就是天上的云，那堆"牛粪"就是地上的泥。

当然，这句话不能一概而论。很多事情从表面上看是这样的，实际情况却是那样的，而真相是——如人饮水，冷暖自知。通俗一点讲，就是鞋子合适不合适，只有脚知道。我曾在山上目睹过"一朵鲜花插在了牛粪上"的盛况，无论是那一朵"鲜花"，还是那一堆"牛粪"，都岁月静好地待在那里，完美而默契地结合着，没有丝毫的违和感。在一刹那，我觉得创作这句话的人真是无聊透顶，就像当年的法海对白蛇与许仙的婚姻指手画脚一样。为了留下这弥足珍贵的动人画面，我赶紧取出手机，按下快门，拍下了那张珍贵的照片，以作留念与收藏。

另一句话就是"钻牛角尖"。这句话有两层意思：一是比喻费力研究不值得研究的或无法解决的问题；二是比喻固执地坚持某种意见或观点，不知道变通。只要是见过牛角的人，都会觉得这句话有点不可思议。牛角长在牛的头上，二者无缝对接，怎么可能钻进去呢？退一步讲，假如这牛角已离开了牛头，独自闲置在地上，如此微小的体形，又有谁会往里钻呢？即便是一只小动物不知情钻了进去，一看前面没路，也会马上折返。这是常识。人在创词造句时，既不要高估自己的智商，也不要低估他人的智商，包括动物。同时还是要深入生活一些好，否则创造出来的东西难以让人信服，即便作了一个比喻。就如那句"神龙见首不见尾"，纯属胡说，当然不排除误传的可能性。龙多以"尾"示人，很少以"首"示人，唯独以"首"示了一次人，还差点把人家吓死，成语"叶公好龙"就是这么来的。相反，"不见亲棺不落泪""不撞南墙不回头""不到黄河心不死"就既形象生动，又贴近生活。前几年我在驻村扶贫期间，听到很多具有浓郁生活气息的句子或谚语，常感叹人民群众之伟大。其中有一句听了一次就再也没有忘记的比喻，用以形容一个人的心眼儿之小。这句话是这么说的："那心眼儿小的，比虮子×还小三圈儿呢！"顺便解释一下，虱子长约2.5毫米至3.5毫米，而虮子又是虱子的卵，有白色芝麻的三分之一大，×又是虮子的一个器官。艺术来源于生活。很多时候，生活比艺术更精彩。

　　再就是"牛头不对马嘴"与"风马牛不相及"。明代冯梦龙在《警世通言》中说："见鬼，大爷自姓高，是江西人，牛头不对马嘴！"牛头怎么能和马嘴拼凑到一起呢？如果从对等的角度考虑，"牛"对"马"尚能理解，但"头"和"嘴"不是两个对等的词，怎么能放到一起呢？如说驴唇不对马嘴，还能说得过去。如此一来，不但"牛头不对马嘴"这句话让人无法理解，就是将"牛头"和"马嘴"放到一起作对比，本身就是一件无法让人理解的事情。将两者硬凑到一起，真是"风马牛不相及"。

　　　　　　　　刘　霄

　　　　　　　　2023年9月20日

后记

在本书的创作过程中，本人对一些资料、提法以及口口相传的故事进行了严谨的考证，在查阅大量资料的基础上，进行了核实、佐证和去伪。尽管这项工作耗时较长，但最大限度地去还原历史真相，我觉得是非常有必要的，虽然这是一本有着大量虚构情节的小说。

在这里，特别感谢内蒙古文联、内蒙古文学馆、内蒙古作家协会对本人的认可，并非常放心地将如此宏大的题材交给了我，让我有了一次大"写"身手的机会。特别感谢内蒙古广播电视台刘文军研究员对本书创作的支持和帮助。特别感谢家人对我书写工作的理解和支持。特别感谢原

白牛分场场长哈达巴特尔老师后续提供的图片和不厌其烦有问必答的详细讲解，让本书的故事情节愈发丰满。值得一提的是，哈达巴特尔老师在看完本书的初稿后非常郑重地和我强调，当年牧场在饲养白牛时，公牛和母牛是严格分区管理的，二者隔着一道山梁，有几里路的距离，它们是不能相见的。但作为小说，我进行了浪漫化想象，让它们朝夕相处在一起，使小说中的爱情脉络得以发展并延续下去。仅从这一点，就可以看出哈达巴特尔老师对待历史与文学的严谨态度，令人肃然起敬。

非常感谢内蒙古出版集团和内蒙古人民出版社各位领导和编辑老师对本书提出的修改意见和辛勤校对、编辑、审读，以及后续相关工作的快速推进，是你们的共同努力，让本书锦上添花且得以尽早面世。同时也感谢自治区党委宣传部相关处室对本书的大力支持。

在创作过程中，我一直在努力追求实现

"让读者感到幸福"的目标，希望通过这部作品，能让每一位读者有所启发，有所思考，进而有所行动。让"读者"变为"行者"，"让行者感到幸福"，也将成为我的终极期盼。期望所有的"行者"，都能前行无畏。

一切都是最好的安排。

有你们真好！

2023 年 9 月 26 日于呼和浩特